끝나물 시루

양명호 지음

징검다리

차 례

어느 노부부의 독백

그이는 다른 부분은 모두 닦아 주면서도
유일하게 눈썹 부분만은 남겨 두었습니다

그이는 다른 부분은 모두 닦아주면서도
유일하게 눈썹 부분만은 남겨 두었습니다.

누군가 나에게 어떤 재주가 있느냐고 묻는다면 그다지 내세울 만 한 것이 없습니다. 공부도 고만고만했고 그렇다고 운동을 잘 하는 것도 아니었고, 주변머리까지 없었던 나는 남들 앞에서 발표하는 것을 제일 두려워했습니다.

학창 시절에도 특별히 남는 추억은 없습니다. 두드러지는 것도, 거스르는 것도 없이 아침이면 가방을 둘러메고 학교로 향했고 수업이 끝나면 집으로 돌아왔습니다. 그래서 학창 시절동안 내가 아는 길이라고는 집과 학교를 오가는 길이 고작이었죠. 대학도 남들만큼 좋은 곳에 입학하지도 못했습니다. 2년제 대학을 졸업했고 어릴 때 아버지가 돌아가셨기 때문에 군대도 면제를 받았습니다.

대학을 졸업하고 충무로 제판소에 취직을 했습니다. 보조로 일하면서 열심히 기술을 배웠습니다. 무엇이든 열심히 하다 보니 우연찮은 기회에 칼자루를 쥐게 되었고 나중에는 간단한 컷 작업 정도는 능숙하게 할 수 있었습니다.

그녀를 만난 것은 그 무렵이었습니다. 내가 일하고 있던 제판소에 사식을 맡기러 오곤 했던 그녀는 충무로 인쇄소에서 일을 하고 있었습니다. 일로 인해 만난 인연이지만 자주 얼굴을 보게 되면서 그녀와 나 사이에 생긴 처음의 공간은 조금씩 좁혀져 갔습니다.

내 생일날, 평생 처음으로 큰 용기를 내어 그녀에게 함께 저녁을 먹자는 말을 했습니다. 지금도 생각해 보면 내 주변머리에 어떻게 그런 용기가 났었는지 신기하기만 합니다.

유머라든가 재치라든가 하는 말은 나하고는 거리가 멀었습니다. 저녁을 먹는 내내 나는 얼굴도 들지 못하고 며칠을 굶은 사람처럼 그저 밥만 먹었습니다. 그녀 역시 조용한 편이었죠. 그날 나는 그녀를 데리고 이태원으로 나갔습니다. 그리고 직장 동료가 좋다고 추천해 준 근사한 맥주 집으로 그녀를 데리고 갔습니다. 다른 젊은 연인들처럼 그녀와 함께 있자니 세상에 부러울 것이 없었습니다.

그 때 처음으로 병맥주를 마셔 보았습니다. 지금이야 흔하지만 그 때만해도 이태원에서나 구경할 수 있는 것이었죠. 종업원이 주문을 받으러 왔고 나는 친구가 귀띔해 준대로 조금은 어깨에 힘을 주며 "밀러 두 병 주세요." 라고 했습니다. 사실, 그 때 나는 밀러라는 맥주가 있다는 것조차 몰랐었습니다.

맥주가 나오자 병마개 위에는 젖은 냅킨이 감싸져 있었습니다. 나는 그 냅킨으로 병을 깨끗이 닦았습니다. 그녀도 나를 따라 냅킨으로 맥주병을 닦고 있었습니다. 그리고나서 병따개를 찾았지만 보이질 않았습니다. 그래서 종업원을 불러 병따개를 달라고 했습니다.

　종업원은 그냥 따는 거라고 말하고는 뒤돌아 섰습니다. 나는 그 말이 알아서 따라는 것인 줄 알고 별 방법을 다 동원해서 병마개 열 방법을 찾기 시작했습니다.

　식탁 모서리에 병마개를 대고 두들겨도 보았고 식탁 어딘가에 병따개가 붙어있지 않나 싶어서 두리번거리기도 했습니다. 보다 못한 종업원이 와서는 뚜껑을 돌려서 따 주었습니다. 그 순간 그녀에게 비싼 맥주를 시켜주며 우쭐대던 나의 어깨가 그만 축 처지고 말았습니다.

그래도 그녀가 있었기에 나는 기분이 좋아서 나중에는 몸을 가누지 못할 정도로 맥주를 많이 마셨습니다. 술을 못 마시던 그녀는 맥주 한 병에 그만 취해 내 어깨에 기대어 잠들었습니다. 어쩌면 그 날 나를 취하게 만든 것은 술이 아니라 그녀의 머릿결에서 풍겼던 여릿한 향기였는지도 모릅니다.

　　그 뒤로 그녀와 많이 친해졌습니다. 저녁도 함께 먹고 주말이면 남들처럼 영화도 보고 이따금씩 그녀와 처음 갔던 이태원 맥주 집에도 들렀습니다. 물론 더 이상 맥주병을 따지 못해 당황해하는 일은 없었습니다. 그리고 크리스마스가 다가왔습니다. 우리는 밤차를 타고 동해로 갔죠.

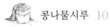

대관령을 넘으면서 눈이 오기 시작하더군요. 눈은 강릉에 다다르면서 더욱 많이 내렸습니다. 하얀 눈과 어우러진 밤바다는 주체하지 못할 정도로 아름다웠습니다. 그 날 나는 바닷가에서 그녀에게 처음으로 키스를 했습니다. 나는 그녀를 위해서 열심히 일을 했습니다. 달리 재주가 없었던 나로서는 그저 열심히 기술을 배우는 것 밖에 없었습니다.

그녀를 만나고 3년 후, 나는 조그마한 사식집을 개업했고 그녀와 결혼을 하게 되었습니다.

처음으로 양복을 입고 결혼식장에 들어서려니 무척 떨렸습니다. 남들 앞에만 서면 주눅이 들던 나였기에 등골에는 식은땀이 멈추질 않았습니다. 게다가 식장으로 들어서는 그녀를 보자 눈물까지 나올 것 같았습니다. 그녀의 모습이 너무 아름답고 그 순간이 행복해서 아무런 생각도 할 수 없었습니다.

주례 선생님의 말씀도 멀리서 윙윙거릴 뿐 도무지 무슨 말을 하는지 알아들을 수 없었습니다. 그래서 주례 선생님은 영원히 사랑하겠느냐는 질문을 세 번이나 해야 했고 그제서야 엉겁결에 '예, 선생님!' 하며 큰 소리를 쳐 식장 안을 웃음바다로 만들어 버렸습니다.

결혼 후 그녀는 고생이 많았습니다. 열심히 살았지만 하는 일이 그리 잘 되지는 못했습니다. 몇 번 실패를 했고 심지어는 그녀와 함께 연탄배달을 한 적도 있었습니다. 그러나 그녀는 아무런 불만도 없이 항상 내 곁에서 용기를 주었습니다.

그녀와 함께 보낸 세월이 벌써 사십 년이 넘었습니다. 자식들도 하나 둘씩 자신의 삶을 찾아 떠나갔고 이제 다시 나와 그녀만 남았습니다. 영원히 검을 것 같던 내 머리에도 하얀 눈발이 내렸습니다. 그녀도 자식을 낳고 내 뒷바라지를 하느라 고생한 탓에 허리가 굽어버린 할머니가 되었습니다.

그녀가 나를 알아보지 못할 때도 있습니다. 최근에는 그럴 때가 더 많아졌습니다. 가끔 자다가 이불에 오줌을 싸기도 하고 간혹 길을 잃어 버려 내 속을 태우기도 합니다. 그러나 나는 행복합니다. 나와 함께 한 세월동안 수많은 나의 실수를 미소로 받아주었고 내가 힘들 때 묵묵히 옆에서 나를 지켜주었던 그녀를 이제 내가 돌볼 수 있으니까요.

그녀와 함께 결혼식장에 섰을 때 주례 선생님이 세 번씩이나 질문을 한 후였지만, 나는 식장이 떠날 갈 듯 큰소리로 그녀를 영원히 사랑하겠다고 약속했습니다. 지금까지 나는 그 약속을 지키려고 노력했습니다. 그리고 그녀에게 얼마 남지 않은 시간 동안에도 그 약속은 지킬 것입니다.

내겐 바람이 하나 있습니다. 그녀가 조금 더 내게 머물러 주기를 바랍니다. 그리고 만약 그녀가 세상을 떠나야 한다면 나도 그녀와 함께 할 수 있었으면 합니다. 그녀 없이 혼자 남는다는 것은 도무지 자신이 없습니다.

생각해보면 어릴 때부터 놀림을 많이 받고 자랐습니다. 내 얼굴에 눈썹이 하나도 없기 때문이었죠. 정말입니다. 믿지 못할 노릇이지만 사실이에요. 그래서 내가 초등학교에 입학할 때 어머니는 눈썹을 그리는 화장품으로 내 얼굴에 처음으로 눈썹을 만들어 주었습니다.

멀리서 보면 진짜 눈썹과 구분이 되지 않았지만 그래도 가까이 와서 자세히 보면 금방 탄로가 날 것 같아서 항상 불안했습니다. 아이들과도 어느 정도 거리를 유지해야 했죠. 그런 이유로 내게는 특별히 친한 친구가 없었어요. 나도 아이들을 꺼리다보니 말수도 적고 소심한 성격이 되어 버렸죠.

그런 제게도 사랑하는 남자가 생겼습니다. 학교를 졸업하고 충무로 인쇄소에서 대지 작업을 할 때였습니다. 그는 내가 근무하는 인쇄소와 거래를 하는 제판소에서 사식 일을 하고 있었습니다.

그는 성실하고 묵묵한 사람이었습니다. 내가 일거리를 가지고 그를 찾아갈 때마다 그는 여전히 같은 자리에서 비슷한 일을 하면서도 한 번도 불만을 토로하거나 게으름을 피우는 것을 보지 못했습니다.

그는 여느 남자들처럼 농을 걸 줄도 몰랐습니다. 그가 나를 대하는 것은 그저 머쓱한 웃음을 짓는 정도였습니다. 그래도 자주 얼굴이 부딪히면서 이따금 말을 건네기도 했습니다. '식사는 하셨나요. 조금 늦었죠. 어제는 일이 없었나 봐요.' 그가 내게 건넨 말이라야 고작 그 정도였어요.

그의 그런 모습이 좋았습니다. 늘 묵묵하고 일에 열심인 그의 성실성을 사랑했습니다. 그래도 나는 그에게 혹시나 가짜 눈썹을 들킬 새라 그를 한 번도 똑바로 쳐다보지 못했습니다.

그에게 일거리를 건네고는 잠시 서서 그가 일하는 뒷모습을 바라보는 것이 그에 대한 내 마음을 표현하는 유일한 방법이었으니까요.

그가 자신의 생일이라며 함께 저녁을 먹자고 할 때는 너무나 기뻤습니다. 하지만 한편으로는 걱정을 많이 했습니다. 혹시 그에게 가짜 눈썹을 들켜버릴 것 같아서……. 다행히도 그는 묵묵히 밥만 먹었습니다. 마주 앉은 나를 바라보지도 않았고 나를 즐겁게 해 준답시고 이런 저런 농담을 건네지도 않았습니다.

그 날 그를 따라 이태원으로 갔습니다. 우리는 어느 근사한 맥주 집에 들어갔고 나는 그의 맞은 편이 아니라 옆자리에 앉았습니다. 조금은 걱정스러운 마음이 들었습니다.

처음 데이트 하는 날 남자 옆에 앉는 것으로 그가 혹시 나를 오해하지나 않을까 해서죠. 하지만 가짜 눈썹을 들켜버리는 것보다는 낫다고 생각했습니다.

나는 기분이 좋아서 처음으로 맥주 한 병을 다 마셨습니다. 그리고는 술기운에 못 이겨 그만 그의 어깨에 기대어 잠이 들어 버렸습니다. 내가 어렴풋이 잠에서 깨어날 때 맥주 집에는 그와 나만이 남아 있었습니다.

시끌벅적하던 다른 손님들은 모두 돌아갔고 가게 한편에서는 종업원이 청소를 하고 있었습니다. 그는 잠든 나를 위해 영업시간이 끝났음에도 불구하고 조금만 기다려 달라고 부탁을 한 모양이었습니다. 그런 그가 너무 고마웠습니다. 아마 사랑이 아니었다면 그의 성격으로 그런 부탁을 할 수 없다는 것을 나는 알고 있었으니까요.

우리는 많이 가까워졌습니다. 그 날 이후 만나는 날도 많아졌고 함께 하는 시간도 많아졌습니다. 하지만 나는 그래도 늘 불안했습니다. 혹시 그가 나의 가짜 눈썹을 알고 싫어하지는 않을까 항상 긴장을 해야 했습니다. 그래서 그를 만나러 가는 날이면 유난히 눈썹 화장을 짙게 했습니다. 그 덕분에 다행히 그는 눈치를 채지 못하는 것 같았습니다.

그를 만난지 3년 후 결혼을 했습니다. 결혼식 날 그이가 먼저 식장으로 입장한 뒤 나는 떨리는 손을 아버지께 맡긴 채 식장으로 들어섰습니다. 검정 양복을 입은 그가 저만치 쯤 서 있다가 그 짧은 시간을 기다리지 못하고 성큼성큼 앞으로 나왔습니다. 그래서 아버지는 식장 한 가운데서 어정쩡하게 나를 그에게 건네주어야 했습니다.

신랑인 그가 신부인 내 팔짱을 먼저 끼고는 주례 선생님 앞으로 걸어갈 때는, 그 모습을 보고 식장에서 한바탕 웃음이 터져 나왔습니다. 그리고 그는 주례 선생님이 신부를 영원히 사랑할 거냐고 묻자 식장이 떠나갈 정도로 '예, 선생님'이라고 큰 소리로 대답했습니다. 그러자 또 한바탕 식장은 웃음바다가 되었습니다. 나는 그의 그런 소박한 모습이 좋았습니다. 약지도 못했고 남들을 속이지도 못했고 그저 그이는 열심히 일을 하는 재주밖에 없었습니다.

결혼하고도 나는 그이보다도 먼저 잠든 적도, 그이보다도 늦게 일어난 적도 없었습니다. 그것은 혹시 나를 바라보는 그이의 사랑스런 눈빛이 나의 가짜 눈썹을 보고는 그만 실망의 눈초리로 바뀌지나 않을까 불안해서였죠. 다행히 그이가 눈치를 채지 못 한 채 그럭저럭 꽤 많은 세월이 흘렀습니다.

그런데 그만 그이가 하던 일에 불행이 닥쳤습니다. 컴퓨터가 나타나면서 이제 수작업으로 사식일을 할 필요가 없어졌습니다. 그래서 그이가 하던 일은 사양길로 접어들기 시작했고 그이도 많이 힘들어하고 있었습니다. 게다가 그이가 받은 어음이 부도가 나면서 우리 가족들은 하루아침에 길거리로 내몰렸습니다.

우리는 처음부터 다시 시작해야 했습니다. 그러나 그이는 낙

심하지 않고 가족을 위해 새로운 일거리를 찾아 나섰습니다. 그래서 그이와 내가 시작한 것이 연탄배달이었습니다.

밤낮 없이 그이가 앞에서 리어카를 끌고 내가 뒤에서 밀며 우리는 다시 일어서기 위해서 갖은 노력을 다했습니다.

그러던 어느 더운 날이었습니다. 연탄을 가득 실은 리어카를 밀고 있는데 땀이 비 오듯 흘러내렸습니다. 나는 온 신경이 눈썹으로 가 있었습니다. 아니, 정확히 말하면 짙게 그려 놓은 눈썹화장이 지워지기라도 할까 싶어 내내 초조했습니다. 그때까지도 나는 그이에게 아무런 말도 하지 않고 있었으니까요.

그런데 설상가상으로 너무 눈썹에 신경을 쓴 나머지 그만 발을 헛딛으면서 연탄 위로 넘어지고 말았습니다. 얼굴은 온통 검정 투성이가 되어 버렸지요.

연탄 가루가 눈으로 들어와 제대로 눈도 못 뜨겠고 땀과 뒤범벅이 되어 답답했지만 나는 얼굴을 닦을 수가 없었습니다. 그동안 숨겨온 나의 비밀이 탄로날까봐 마음만 조마조마 했습니다. 그런데 남편이 수건을 갖고 내게로 다가오고 있었습니다.

그 순간 앞이 노랗게 변해 아무 생각도 할 수 없었습니다. 남편은 수건으로 얼굴에 묻은 것들을 닦아내기 시작했습니다. 그런데 그이는 다른 부분은 모두 닦아주면서도 유일하게 눈썹 부분만은 남겨 두었습니다. 그 날 이후 나는 처음으로 남편과 함께 편히 잠자리에 들 수 있었습니다. 그리고 그이 보다 일찍 일어나야 한다는 강박 관념에서도 벗어날 수 있었습니다.

이제 나는 가끔씩 그이를 알아보지 못할 때도 있습니다. 어떨 때는 매일 다니던 길도 도무지 기억이 나지를 않습니다.

그래서 동네 골목길에서 쪼그리고 앉아 있으면 그이가 나를 찾아냅니다. 그러면 그이는 나를 업고 집으로 갑니다.

그이도 이제 기력이 없습니다. 그래서 내가 그만 내려 달라고 해도 그이는 막무가내입니다. 나와 함께 보내는 세월동안 남편으로, 가장으로 그이는 고생도 많이 했습니다. 아이들도 모두 결혼을 시켰고 이제 그이도 편하게 쉴 때가 되었는데 이제 내가 그이를 고생시키는 것 같아 마음이 편하질 않습니다.

하루라도 빨리 내가 세상을 떠나는 게 그이를 편하게 해 주는 거라 생각되지만 그래도 내가 떠나면 적적해 할 것 같아 그것이 마음에 걸립니다.

나는 그이를 만나서 행복했습니다. 그리고 지금도 그이와 함께 있을 수 있어 행복합니다.

　나의 인생에 마지막 남은 바람이 하나 있다면 그것은 아무런 고통 없이 그이와 함께 잠들었으면 하는 것입니다. 그이 없이 혼자 세상을 떠나는 것은 도무지 자신이 없습니다. 그리고 남편을 외로운 세상에 혼자 남겨두고 가는 일은 너무나도 마음이 아플 것 같습니다.

콩나물 시루

콩나물에 물을 주었을 엄마……

그걸로 수업료를 마련해 주겠다고 생각했다니……

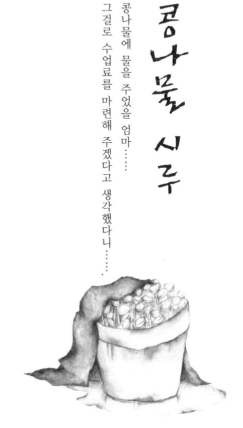

콩나물에 물을 주었을 엄마……
그걸로 수업료를 마련해 주겠다고 생각했다니…….

마지막 수업쯤에 이르자 학생이고 선생님이고 할 것 없이 모두 지쳐있었다. 몸은 처질대로 처졌고 게다가 창으로 여과된 늦은 오후의 햇살까지 교실 깊숙이 들어와서는 정신을 몽롱하게 만들어 놓았다. 또 마지막 수업은 왜 그렇게 지루한지……. 수업이 끝날 시각이 다가오자 하나 둘씩 몸을 비틀었고 뒤에서는 누군가 조심스럽게 카운트다운을 세기 시작했다. 다섯, 넷, 셋, 둘 그리고 정확하게 하나에서 그 날의 모든 수업을 마치는 벨이 울렸다.

물리 선생님도 뒤쪽에서 누군가 카운트다운을 세었다는 것을 알았지만 별로 개의치 않는 얼굴로 교실을 나갔다. 그러자 교실은 언제 몽롱해 있었냐는 듯 순식간에 여학생들의 떠드는 소리로 왁자지껄해졌다. 요 앞에 분식집이 새로 하나 생겼는데 떡볶이 맛이 끝내준다느니, 브리트니 스피어스의 싱글 앨범을 샀는데 너무 좋다느니, 어제 TV에서 god가 나왔는데 데니가 너무 귀엽게 나왔다느니, 여학생들의 수다스러움은 어느 한 주제에 한정되지 않고 저마다 하루 종일 근질거렸던 말들을 쏟아내기에 바빴다.

교실 문이 열리고 종례를 하기 위해, 학교에서 유일한 총각 선생님인 담임 선생님이 들어오자 갑자기 교실 안이 조용해졌다. 하지만 입이 근질근질한 여학생들 이다보니 잠깐의 종례 시간도 참지 못하고 다시 쑥덕거리기 시작했다. 한쪽 구석에서 시작된 쑥덕거림은 연못에 파장이 일 듯 교실 전체로 번져갔다. 다시 교실 안이 쑥덕거림으로 가득 채워지자 담임 선생님은 출석부와 함께 늘 옆구리에 끼고 다니던, 회초리라고 하기에는 굵고 몽둥이라고 하기에는 가는 막대로 교탁을 한 번 내리쳤다.

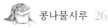

그 소리에 교실 안이 조용해지긴 했지만 그것도 잠시 뿐, 담임 선생님이 결코 매를 들지 않는다는 걸 이미 아이들이 알아버려서인지, 아니면 잘생긴 총각 선생님의 행동이 너무 어설펐기 때문이었는지 구석에서 깔깔대는 웃음소리와 함께 다시 속닥거리는 소리가 새어 나오기 시작했다. 그런 아이들을 어이가 없다는 듯 바라보던 담임 선생님도 어쩔 수 없이 그만 웃고 말았다.

"곧 시험이니까 긴장 풀지 말고…… 종례 끝. 반장."

반장이 일어나서 경례, 하자 언제 맞추었는지 아이들이 동시에 머리 위로 하트를 그리며 외쳤다.

"선생님, 사랑해요."

그리고 또 웃음을 참지 못하고 깔깔대는 여학생들. 그런 여학생들을 향해 어이없이 웃고는 교실 문을 향해 유쾌하게 몸을 돌리던 담임 선생님이 다시 돌아서 창가 자리에 앉아 있는 소희를 바라보는 순간 얼굴에 그늘이 졌다. 담임 선생님은 또래의 다른 아이들과 어울리지 못하고 그저 새침하게 앉아 있는 소희를 불렀다.

"윤소희, 교무실로 잠깐 왔다 갈래?"

교무실에는 이미 종례를 마친 몇 명의 선생님들이 자리에 앉아 있었다. 소희는 선생님들의 시선이 은근히 신경 쓰였다. 아마 다른 선생님들도 소희가 왜 교무실로 불려 왔는지 정도는 짐작하고 있을 것 같았다. 그래서 담임 선생님이 이야기를 꺼내기도 전에 소희의 얼굴이 먼저 붉어져 갔다.

"어머니는 잘 지내시지?"

"예."

담임 선생님은 소희를 바로 보지 않고 책상에 놓여 있는 출석부만 애매하게 뒤적이며 말을 꺼냈다.

"그래…… 요즘도 많이 힘들지?"

소희는 그냥 고개만 끄덕였다.

"소희 힘든 건 아는데……."

소희의 처지를 잘 알고 있는 담임 선생님은 아무래도 수업료 이야기를 꺼내는 것이 껄끄러운가 보았다.

"독촉하려고 부른 건 아니고 그냥…… 요즘은 사정이 어떤가 해서……."

"내일은 꼭 낼 수 있을 거예요."

2학년으로 올라오고 소희의 처지를 안 담임 선생님은 첫 분기의 수업료를 대신 납부해 주었다. 하지만 그런 것쯤으로 쉽게 풀릴 소희네 집안 사정이 아니었다. 소희는 그 다음 분기와 그 다음 분기에도 수업료를 내지 못했다. 담임 선생님은 그런 소희가 안쓰러운 만큼 난처하기도 했을 것이다.

소희의 처지를 잘 알면서 독촉할 수도 없고 그렇다고 계속 대신 수업료를 납부해 줄 수도 없는 노릇이고, 하지만 소희는 그것이 더 부담스러웠다. 아예 독촉이라도 해 버린다면 마음이 편할 텐데…….

담임 선생님이 소희에게 수업료 이야기를 꺼내는 것을 부담스

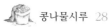

러워하는 만큼 소희 역시 그런 담임 선생님 앞에서 더 얼굴을 들수가 없었다.

"그래 알았다. 그만 가 보렴."

소희가 더 이상 아무런 말도 못하고 서 있자 담임 선생님도 달리 할 말이 없는 듯 말했다. 인사를 하고 돌아서 나오는 소희와 담임 선생님의 이야기를 들은 몇몇 선생님들의 시선이 소희를 따라왔다. 소희의 얼굴이 무안함으로 더 뜨거워져 갔다.

"소희 아직도 어려워서 어쩌니?"

1학년 때 담임이었던 영어 선생님이 나서서 소희를 걱정해 주었다. 소희는 제대로 대답도 못하고 교무실을 빠져 나와서는 큰 숨을 내뱉었다. 얼굴은 후끈거리고 손에는 어느 틈엔가 식은땀이 배어 있었다. 무거운 발걸음을 옮겨 운동장을 가로질러 걸었다. 오늘따라 교문까지는 왜 그렇게 먼지…… 간신히 교문을 나서는데 소희의 어깨가 다른 날 보다 한 뼘 정도는 더 처져 있었다.

근래 들어 소희의 형편이 부쩍 어려워졌다. 그래도 처음에는 통장에 그런 대로 돈이 있어서 엄마와 생활하는 데는 큰 걱정이 없었다. 하지만 통장의 돈이라는 게 꺼내고 또 꺼내 써도 저절로 채워지는 마법의 단지는 아니었다. 통장도 얼마 안 있어 바닥을 보이기 시작했다. 달리 수입도 없는 처지에 몇 푼 남지 않은 통장을 보고 있자니 소희는 앞이 막막해졌다. 엄마에게 그런 것들을 이야기해 봐야 뾰족한 수도 없는 터이고, 그저 마음만 조이다가 무작정 동네 신문 보급소를 찾아가 일자리를 구했다.

하지만 신문배달해서 나오는 돈이라는 게 빤했고 막상 통장이 바닥을 보이자 어처구니없게도 하루 세끼 끼니를 해결하는 것조차 어려워져 버렸다. 이런 소희의 형편을 듣고 동네 반장님이 찾아 왔었다. 그리고 얼마 안 있어 구청에서 최저 생계비로 얼마간의 돈이 지급되기 시작했다. 그나마 간신히 먹는 것은 해결되었지만 생활이라는게 먹는 것만이 다는 아니었다. 비누나 치약 같은 사소한 생활용품들도 필요했고 무엇보다 소희는 학교를 다녀야 했기 때문에 수업료도 내야 했고 차비도 필요했다. 그래서 신문배달 말고 좀 더 돈이 되는 일거리를 찾아보아야만 했다.

하지만 나이 어린 소희에게 선뜻 일거리를 줄 곳은 없어 보였다. 그래도 일자리는 찾아보아야 했다. 여기저기 일자리를 찾아 알아보고 있는데 다행히 동네 슈퍼 아저씨의 도움으로 편의점에서 일자리를 구할 수 있게 되었다. 소희의 사정을 잘 아는 동네 슈퍼 아저씨가 사거리 편의점의 사장과 친분이 있다면서 소희를 소개 시켜 주었다.

편의점 사장은 소희가 너무 어리다며 양손을 저었다. 하지만 슈퍼 아저씨가 사정하자 시간당 2,500원이던 것을 1,800원만 받는 조건으로 인심쓰듯 소희에게 일자리를 내주었다. 소희는 그곳에서 6시부터 11시까지 일했다. 그리고 주말이면 낮부터 일해

학교 수업료도 조금씩 마련하고 있었는데 지난 번 엄마가 다치는 바람에 모아 둔 돈을 몽땅 치료비로 써 버렸다. 그러고도 치료비가 조금 모자라 슈퍼 아저씨에게 빌렸었는데 지금은 그 돈을 갚고 있는 중이었다.

10분 정도 일찍 편의점에 도착한 소희는 습관이 된 듯 컵라면 하나를 뜯어 뜨거운 물을 부었다. 라면이 익는 동안 카운터 뒤쪽에 있는 창고로 가서 작업복으로 갈아입고 나와 저녁을 컵 라면으로 때웠다. 벌써 석 달째 먹고 있는 컵라면이었다. 편의점에서의 일은 11시를 훌쩍 넘긴 12시가 가까워져서야 마칠 수 있었다.

11시까지가 근무 시간이었지만 급여를 미리 좀 당겨 달라는 부탁을 해 볼 참으로 소희는 근무 시간을 초과해가며 구태여 하지 않아도 될 뒷정리까지 했다. 바닥을 청소하고 전표를 잘 정리해 보기 좋게 철해서는 카운터 책상에 넣어 두었다. 주인 아저씨에게 다가가 말을 꺼내자니 입이 좀처럼 떨어지지 않았다. 그래도 이야기는 해 봐야 했기에 간신히 입을 열었다.

"부탁이 있는데요……. 학교 수업료를 내야하기 때문에…… 그래서 아르바이트 급여를 미리 좀 당겨 받을 수 있나 해서요."

하지만 소희를 바라보는 주인아저씨의 표정은 시큰둥했다.

"사정을 잘 알겠다만 그런 선례를 만들면 다른 아르바이트생들한테 좋지 못한 영향을 미치거든……. 급여 날도 얼마 안 남았으니까 그 때 까지만 어떻게 참아 보렴."

말을 마친 주인 아저씨는 재빨리 소희에게서 머물렀던 시선을 거두어 갔다. 하는 수 없이 소희는 그냥 편의점을 나왔다. 내일 까지 수업료를 내겠다고 담임 선생님께 말한 것이 자꾸만 머리에서 뱅뱅 돌았다. 녹초가 된 몸을 이끌고 소희는 집으로 향했다.

편의점이 있는 사거리에서 구청 방향으로 10분 정도 올라가다 오른쪽 골목으로 접어들면 꽤 가파른 언덕길이 나왔다. 그 길로 또 10분 정도 더 올라가다 보면 조금 넓은 공터가 나오는데 그 곳에서는 조금 전 소희가 근무했던 편의점과 사거리가 훤히 내려다보였다. 소희의 집은 공터를 끼고 있었다.

가쁜 숨을 몰아쉬며 대문을 열었다. 허름하지만 꽤 큰 단층주택이었다. 주택은 여러 개의 방으로 나뉘어 있었고 각 방마다 주방이라기보다는 부엌에 가까운 취사 공간이 딸려 있었다. 단층주택의 각 방은 각각 다른 사람들이 각기 다른 형태의 삶을 꾸려나가고 있었고 집주인은 집을 토막내 세를 주고 자신은 사거리 빌라에 살고 있었다.

　소희는 끝에서 두 번째 문을 열었다. 문이 열리는 소리에 방안에서 소희를 맞는 엄마의 반가운 목소리가 흘러나왔다.

　"소희니?"

소희는 부르는 엄마의 목소리를 듣자 가슴에서 무엇인가 턱하고 차 올라오는 것이 느껴졌다. 알 수 없는 서러움 같기도 하고 하루의 힘겨움에 대한 울먹임 같기도 했다. 그나마 집으로 돌아왔을 때 엄마가 기다리고 있다는 것이 소희에게 큰 위로였다. 오늘따라 괜히 울먹이려는 목소리를 간신히 억누르며 대답했다.

"응…… 나야."

소희가 방문을 열기 전에 엄마가 먼저 문을 열고 소희를 바라보았다. 하지만 엄마의 눈에 소희가 보일 리가 없었다. 그런 엄마를 보자 간신히 참고 있던 눈물이 다시 핑 돌고 지나갔다.

사고가 있었던 것은 소희가 초등학교 5학년 때였다. 그 때만해도 소희는 엄마와 단 둘이었지만 행복했었다. 비록 소희에게 아빠는 없었지만 엄마는 작은 아동복 가게를 하면서 소희를 아비 없는 아이란 소리를 듣지 않게끔 키웠다.

어린이 날이었다. 엄마가 운전하는 승용차를 타고 놀이공원에 갔다 돌아오고 있었는데 고속도로를 들어서는 순간 갑자기 하늘이 어둑해지면서 빗줄기가 쏟아지기 시작했다. 조금씩 굵어지던 빗줄기는 마치 한 여름날의 소나기처럼 시야를 가려 놓았다. 그 때 무엇인가 옆에서 번쩍 하는 빛이 스치고 지나갔다. 번개려니 생각하는 순간 검은 물체가 소희와 엄마가 탄 승용차를 덮쳐 왔다. 차 앞 유리가 깨지면서 소희도 엄마도 눈을 다쳤다. 다행히 소희는 수술 후 시력을 회복 할 수 있었지만 부상 정도가 소희보다 심하지 않았던 엄마는 오히려 시력을 회복할 수 없었다.

방문을 열고 소희로 향해 있는 엄마의 표정이 어두워 있었다. 그리고 보니 방안에서부터 시큼한 냄새가 흘러나오고 있었다. 소희가 방문을 밀치자 방은 난장판이 되어 있었다. 아침에 차려 놓고 나간 밥상이 뒤집어져 반찬이 바닥에 널부러져 있고, 국도 엎질러져 시큼한 냄새를 풍기고 있었다. 소희가 오기 전에 치워 보려고 애썼는지 엄마의 손과 옷에도 음식물이 묻어 냄새가 진동했다.

"니가 힘들까 봐 설거지라도 해 두려다가……."

엄마는 미안한 듯 뒤끝을 흐렸다. 자신도 모르게 소희는 엄마를 향해 신경질적으로 소리를 질렀다.

"왜 쓸데없는 짓은 하고 그래?"

그러지 말아야지 하면서도 가끔은 미치도록 지금의 상황이 지긋지긋 할 때가 있다. 엄마라도 제발 가만히 있어줬으면 좋을 텐데……. 처음 소희는 그나마 엄마가 살아 계신다는 것에 감사했다. 그렇지 않았더라면 초등학교 5학년이었던 소희는 고아원에나 보내졌을 것이다. 하지만 어린 소희가 앞을 보지 못하는 엄마를 부양해야 하는 일은 쉽지 않았다. 오늘처럼 시키지도 않는 일을 한답시고 오히려 일을 만들어 놓지만 않아도 좋을 텐데.

한 번은 소희가 돌아왔을 때 바닥 여기저기에 핏자국이 얼룩져 있었다. 놀란 소희가 방문을 열자 엄마의 발에서 피가 흐르고 있었고 옷이고 이불이고 할 것 없이 온통 피로 얼룩져 있었다. 설거지를 하다가 유리잔을 떨어뜨렸다고 했다. 앞이 보이지 않는 엄마는 놀라 뒤로 물러서는 순간 깨진 유리파편이 발바닥을 뚫고 들어왔다. 다시 다른 발을 내딛자 또 다른 유리조각에 찔리는 바람에 발바닥에 세 곳이나 유리가 박혀 있었지만 다행히 상처가 깊지는 않았다.

지난 번에는 쓸데없이 소희를 마중 나오다가 미끄러져 119 구급차에 실려 갔었다. 그때 병원비를 내느라 편의점에서 주말까지 근무를 해가며, 수업료를 내기 위해 모아 둔 돈을 다 써 버렸고 그것도 모자라 슈퍼 아저씨에게 치료비를 빌려야만 했다.

소희는 가방을 멀찌감치 던져 놓고 방에 엎질러져 있는 그릇을 줍기 시작했다. 그릇을 줍던 손을 멈춘 소희가 길게 한숨을 토했다. 다시 그릇을 주워 담으려 하는데 울먹울먹 힘겨움이 복받쳐왔다. 밥상 위로 그릇을 주워 담고 걸레로 바닥을 훔치는데 어정쩡하게 앉아 있던 엄마가 발에 걸렸다.

"저리 좀 가 있어."

소희가 냅다 소리를 지르자 엄마는 아무 말도 없이 엉금엉금 기어 구석으로 피했다. 바닥을 훔치고 설거지를 하고 더러워진 엄마의 옷을 벗겨 빨아 널고 대충 세수를 하고 방으로 들어왔을 때 시계는 12시를 훨씬 넘기고 있었다. 엄마는 갈아입으라고 앞에 놓아 둔 옷에는 손도 대지 않은 채 여전히 구석에 쪼그리고 앉아 있었다. 그런 엄마의 모습을 보자 소희의 가슴에서 싸한 바람이 일었다. 하지만 소희는 거칠게 엄마에게 옷을 입혔다.

"옷 정도는 혼자서 입을 수 있잖아."

엄마에게 옷을 입히는데 발에 뭔가 축축한 느낌이 전해져 왔다. 밥상을 엎었을 때 물이라도 쏟았나 싶어 주위를 두리번거리는데 구석에 놓여 있는 검은 보자기로 둘러싸여진 큼직한 물건 하나가 눈에 들어왔다. 가만히 생각해보니 방에 흐른 물기도 거기서 흘러나온 것 같았다.

"저건 뭐야?"

"어…… 저…… 저기…… 콩나물인데…… 그냥 제때 물만 주면 된다고 해서 한 번 받아 본거야."

"콩나물?"

"집에서 놀면 뭐하니……. 심심하기도 하고 해서 콩나물 한번 길러 보려고…… 저것도 하나 길러 주면 5,000원 주겠다지 않니?"

소희가 다가가 검정 보자기를 들추어보았다. 콩나물 시루가 떡 하니 자리를 잡고 있었다. 조심해서 물을 주었는지는 몰라도 물을 줄 때 옆으로 흘러내린 물은 요를 적시고 얼마만큼은 장롱 아래로까지 흘러 들어가 있었다. 그걸 보는 순간 소희는 서러움이 복받쳐 올랐다. 그래서 또 소리를 지르고 말았다.

"제발 부탁인데 이런 짓 좀 하지 마, 엄마. 나보고 어쩌라고 자꾸 일을 만들어."

악이라도 쓰고 싶었지만 간신히 억누르며 다시 부엌으로 갔다. 걸레를 가져와서는 콩나물 시루 근처에 흘러내린 물기를 닦아내는데 눌러 두었던 슬픔이 다시 울먹거리며 목까지 차고 올라왔다.

"내일 당장 가져가라고 해."

걸레로 물기를 다 훔쳐 낸 소희가 엄마를 바라보았다. 엄마는 기가 죽어 아무 말도 못하고 그저 멍하니 앉아 있었다. 그런 엄마를 보자 조금 전 소리를 지른 것이 마음에 걸렸다. 그렇다고 매번 엄마가 일을 만들도록 내버려 둘 수도 없는 일이었다.

요를 걷어내고 다른 걸로 다시 깐 후에야 소희는 완전히 지쳐 버린 몸을 이끌고 간신히 구석에 놓여져 있는 책상으로 갔다. 피곤하지만 숙제는 해야 했기 때문에 어쩔 수 없이 가방을 풀었다. 가방에서 꺼낸 책들을 책상에 올려놓으려 하는데 낯선 쪽지 하나가 눈에 들어왔다.

"이건 또 뭐야?"

쪽지를 집어 들고 엄마를 바라보았다.

"오늘 동네 반장님이 왔더라. 그걸 갖고 동사무소에 가면 쌀과 교환할 수 있다더구나."

다시 소희의 목소리가 높아졌다.

"이런 건 또 왜 받아? 우리가 거지야?"

쪽지를 구겨 엄마에게 집어던졌다.

"이런 거 갖고 와도 받지 마."

"다 우리 생각해서 주는 건데…… 그리고 통장에 돈도 다 떨어져 갈 거고……."

"누가 엄마더러 그런 걱정하라고 했어?"

소희는 숙제를 하려고 잡았던 노트와 책들을 팽개치고 밖으로 나왔다. 겨울의 한기가 소희의 여린 몸을 휘감고 지나갔다. 내려다보이는 사거리에는 네온이 화려하게 불을 밝히고 있었다. 멀리서 보는 도시는 그래도 아름다웠다. 소희의 눈으로 물기가 고여 들었다. 내려다 보이는 사거리의 네온 불빛이 작게 일렁거리는 눈물 안에서 어른거렸다. 문득 가출이라도 하고 싶다는 충동이 밀려들었다. 공부도 학교도 다 때려치우고 세상으로 나가 맘껏 살면 얼마나 좋을까. 엄마 걱정도 수업료 걱정도 하지 않을 수 있다면…….

5교시 수업이 막 시작되려는데 교실로 들어온 반장이 소희에게 다가와 담임 선생님이 급히 찾는다고 했다. 오늘도 수업료가 납부되지 못한 것을 알고 찾는 게 분명했다. 또 뭐라고 변명해야 하나? 교무실로 향하는 소희의 걸음이 한없이 무거웠다. 교무실의 문을 열려던 소희는 도무지 담임 선생님 얼굴을 볼 자신이 없어 발걸음을 돌렸다. 무작정 학교를 빠져나와 거리를 걷고 있는데 찬바람이 낡은 교복을 뚫고 들어왔다. 하지만 소희를 꽁꽁 얼려버리는 것은 결코 찬바람이 아니었다.

학교를 나오긴 했지만 소희는 별로 할 일이 없었다. 그래서 학교 앞 시장으로 들어갔다. 겨울의 찬 기운을 맞으며 난전에 앉아 야채를 파는 할머니가 눈에 들어왔다. 할머니는 시금치를 다듬어 팔고 있었다. 엄마가 시금치를 무척 좋아하는데 최근에는 상에 올리지 못한 것이 못내 마음에 걸렸다.

좀 더 안으로 들어가자 의류 가게와 신발 가게들이 연이어 나타났다. 소희의 걸음이 신발 가게 앞에서 멈췄다. 갖가지 색상과 최신 디자인의 신발들이 진열되어 있었다. 그 중에서 소희의 시선을 잡은 것은 검정색 구두였다. 리본이 달린 것이 무척 예뻤다.

검정색 구두에 머물러 있던 시선을 거두어 자신의 운동화를 한번 쳐다보았다. 운동화천을 감싸고 있는 고무바킹은 본드 칠이 떨어져 너덜거렸고 색도 누렇게 바래있었다. 게다가 제때 빨

아주질 않아 때까지 꼬질꼬질 했다. 소희의 시선이 다시 검정 구두로 향했다. 다른 여학생들이 교복 위에 검정색 코트를 입고 검정색 구두를 신고 다니는 것을 볼 때면 소희도 한 번 그렇게 입어보고 싶다는 생각을 하곤 했었다. 운동화를 벗고 검정색 구두를 신어보는데 주인이 다가왔다.

"예쁘지?"

주인의 시선이 소희의 운동화로 왔다.

"신발 살 때도 됐네……. 자, 싸게 줄 테니까 하나 골라 봐."

소희는 급히 구두를 벗어 있던 자리에 돌려놓고 다시 낡은 자신의 운동화를 신고 서둘러 걸음을 옮겼다.

시장을 벗어나자 어둑한 골목이 나타났다. 시장 입구까지 아이들과 섞여 온 적은 있어도 안쪽까지 들어온 적은 처음이었다.

골목은 음침하고 낯설었다. 춥고 다리도 아파 골목 입구에 쪼그리고 앉았다. '그냥 담임한테 한소리 듣고 학교에 있을 걸' 그런 생각이 들자 이 시각에 밖으로 도는 자신이 괜히 서글퍼졌다. 하지만 또 마음 한 구석에서는 도망치고 싶은 충동도 만만찮았다.

소희가 자리에서 일어서 고개를 드는데 소희의 시선이 멈춘 곳은 전신주에 붙어 있는 구인 광고 벽지였다.

'여 종업원 급구, 월 200가능' 소희의 동공이 순간 확대 되었다. 혹시나 싶어 주머니에서 펜을 꺼내 손바닥에 전화번호를 적었다. 다시 시장을 빠져 나와 근처 공중전화 박스로 갔다. 버튼을 누르는 소희의 손이 가늘게 떨리고 있었다.

"저…… 아직 미성년자인데요…… 취업할 수 있나요?"

그쪽에서는 괜찮다고 했다. 원하면 가짜 주민등록증을 만들어 줄 수 있다는 말도 덧붙였다. 순간적으로 소희의 마음이 흔들렸다. 차라리 돈이라도 많이 버는 게 엄마를 행복하게 해 주는 게 아닐까하고.

"어디로 가면 되나요?"

전화 속 상대방은 친절하고 자세하게 위치를 가르쳐 주었다.

"찾기 힘들면 우리가 데리러 갈 수도 있는데…… 지금 어디 있어요?"

"아뇨, 다시 연락 드릴게요."

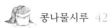

황급히 수화기를 내려놓았다.

소희는 학교 주위에서 맴돌다가 종례를 할 시각이 지나고도 한 시간 쯤 더 있다가 가방을 가지러 교실로 들어섰다. 다행히 반 아이들은 돌아가고 교실은 비어 있었다. 살금살금 책상으로 다가가 덩그러니 혼자 남겨진 가방을 챙겨 들고 교실을 나오는데 멀리서 담임 선생님이 소희를 발견하고는 '윤소희' 하며 불렀다. 뭐라고 변명해야 할지를 생각하며 몸을 돌리는데 선생님이 소희에게 급히 달려오고 있었다. 소희에게 다가온 선생님의 목소리가 다급했다.

"너 어디 갔다 온 거야? 지금 이러고 있을 게 아니다. 빨리 병원으로 가 봐라. 엄마가 교통사고래……. 잠깐 여기 있어."

소희는 무슨 말인가 싶어 그 자리에 멍하니 서 있었다. 아무런 생각도 떠오르지 않았고 방금 선생님이 한 말이 공중에서 붕붕 떠돌 뿐이었다. 선생님이 교무실로 달려가 병원의 약도와 전화번호를 적은 쪽지를 소희 손에 쥐어 주었다. 그때까지도 멍하니 서 있는 소희의 어깨를 담임 선생님이 흔들었다.

"뭐 해? 빨리 안 가보고?"

그제야 소희는 무작정 교문 밖을 향해 뛰었다.

병원에 도착한 소희는 급히 간호사들이 업무를 보고 있는 프런트로 달려갔다. 말을 하는 소희의 목소리가 울먹였다.

"저기 간호사 언니…… 오늘 교통사고 환자 어디 있어요?"

간호사는 앞 뒤 없는 소희의 말에 어리둥절한 표정이었다.

"앞을 못 보는 아줌마거든요. 여기 병원으로 왔다던데요."

그제야 간호사는 소희가 누군지 알겠다는 듯한 표정이었다. 그 중 인상이 온화해 보이는 나이 든 간호사가 소희에게 다가 섰다.

"엄마예요?"

"네."

"아빠는?"

"안 계시는데요."

"이를 어째?"

간호사는 소희의 손을 잡고 급히 걸음을 옮기기 시작했다. 어리둥절해진 소희는 영문도 모르고 그저 간호사가 이끄는 대로 병원 건물을 빠져 나와 외딴 건물로 향했다. 건물 앞에는 하얀 국화로 만들어진 조화가 빈틈없이 나열되어 있었고 국화에 매달려 있는 검정색 리본이 겨울의 찬바람에 흔들렸다.

겨울의 한강에는 찬바람만이 휑하니 지나쳐 가고 있었다. 보호자가 없다는 것을 안 나이든 간호사가 소희와 함께 와 주었다. 소희의 손가락 마디마디 사이로 사람의 몸이었다고 믿어지지 않는 따뜻하고 보드라운 엄마의 하얀 유골이 한강 물에 쓸려 사라져갔다. 마지막 남은 한줌의 유골을 물 위로 떠내려 보내면서 소희는 한참동안 울음을 그치지 못했다. 소희가 조금 진정이 되자 간호사가 소희에게 구겨진 쪽지 하나를 내밀었다. 눈에 익은 쪽지에는 검붉은 피가 말라 붙어 있었다.

"엄마 수술할 때 내가 수술실에 들어갔었는데 손에 꼭 쥐고 놓지 않는 게 있어서 보았더니 이거더라. 그래서 버리지 않고 가지고 있었어."

간호사가 소희의 손에 쪽지를 쥐어 주었다. 쪽지를 펼쳐드는 소희의 손이 가늘게 떨려 왔다. 사고가 나던 날 아침에도 엄마는 이 쪽지를 내밀며 집까지 찾아온 성의를 생각해서라도 집에 오는 길에 쌀을 받아 오는 게 어떻겠냐고 했다.

하지만 소희는 엄마에게 쪽지를 집어던지며 우리가 거지냐고 버럭 소리를 질렀다. 엄마가 구태여 쪽지를 들고 쌀 몇 포대와 바꾸기 위해 더듬거리며 길을 나섰던 것은 쪽지를 들고 온 동네 반장의 성의를 생각해서가 아니라 내 어깨를 조금이라고 가볍게 해주고 싶어서였겠지. 그렇게 생각이 되자 보이지 않는 눈으로 더듬거리며 동네 아래까지 내려오던 엄마의 모습이 떠올랐다.

엄마는 보이는 것이 없었기 때문에 두려워하지 않았는지도 모른다. 그 길이 엄마의 죽음을 부르는 길이었다는 것을 모른 채 차에 치여 고통스럽게 병원까지 왔을 엄마를 생각하니 소희는 복받치는 설움을 주체할 수가 없었다.

간호사는 소희를 집 아래 사거리까지 바래다주고 돌아갔다. 방으로 들어온 소희는 구석으로 가 쪼그리고 앉았다. 엄마가 남긴 매콤한 냄새가 코끝에서 느껴졌다. 이제 혼자라니…… 앞으로 어떻게 살까? 울컥 서글픔이 목젖까지 올라왔다.

소희는 평소 엄마가 사용하던 옷장 서랍을 열었다. 엄마가 입던 내의며 양말이며 속옷이 가지런히 개어져 있었다. 그런 것들을 하나씩 끄집어내었다. 엄마에 대한 채취를 느끼려는 듯 코를 박고 냄새를 맡았다.

엄마는 늘 집에서 같은 옷만 입어서 사실 소희가 끄집어내는 옷가지들에 엄마의 채취가 남아 있을 것도 없었지만 어쨌든 엄마의 물건들이었기에 소희의 손길은 멈추질 않았다. 정리하던 옷가지들이 줄어들면서 작은 상자 하나가 모습을 드러냈다.

처음 보는 상자였다. 상자를 꺼내 뚜껑을 열었다. 상자에는 보잘 것 없는 물건들이 들어 있었다. 아주 오래된 듯한 아동용 머리띠와 녹슨 라이터 한개. 그리고 손으로 직접 뜬 털모자.

물건들을 꺼내자 상자 바닥에 누렇게 빛 바랜 봉투가 하나 보였다. 봉투에는 병원 이름이 적혀 있었다. 병원 이름이 낯설지 않아 기억을 더듬자 오래 전에 엄마와 교통 사고가 났을 때 입원했었던 병원이었다.

봉투를 열고 안에 들어 있는 것을 꺼냈다. 종이 역시 누렇게 낡아 있었고 거기에는 '장기기증 서약서'라고 적혀있었다. 서약서를 읽어가던 소희의 눈이 한 부분에서 멈추었다. 그럴 리 없다고 생각했지만 서약서 아래에는 또렷한 글씨로 엄마의 이름과 직인도 찍혀 있었다.

낡은 봉투를 들고 구석으로 가서는 벽에 등을 기대고 멍하니 앉아 있었다. 복잡한 생각들로 머리가 아파왔다. 뭐가 뭔지, 어디서부터 어떻게 이해해야 하는지, 도무지 정리가 되지 않았다.

다음 날 소희는 봉투를 들고 병원을 찾아갔다. 소희는 간호사에게 봉투를 보여주며 그 때 담당했던 의사 선생님을 만나고 싶다고 했다. 간호사는 예약을 한 환자 외에는 면담이 불가능하다고 했다.

"간호사 언니, 의사 선생님을 꼭 만나봐야 되요. 제발 좀 만나게 해 주세요."

소희는 물러서지 않았다. 보다 못한 간호사가 어디론가 전화

를 하고 소희가 건네 준 봉투에서 서약서를 꺼내 무어라고 몇 마디 주고받더니 소희에게 4층 안과로 가서 이종영 선생님을 찾으라고 했다.

몇 년 전이었고 소희가 어릴 때였지만 눈을 가리고 있던 붕대를 풀면서 처음 본 얼굴이었으므로 담당 의사를 보자 자신의 눈을 수술했던 의사임을 알아보았다. 의사도 소희를 알아보는 듯했다. 소희가 고개 숙여 인사했다.

"안녕하세요."

담당 의사는 두 손까지 벌려가며 소희를 반갑게 맞았다.

"이게 누구니? 그래 어머니도 잘 계시고?"

어머니의 안부를 물을 때 의사의 표정이 잠깐 굳어졌다.

"돌아가셨어요."

말하는 소희의 목소리가 울먹했다.

"돌아가셔? 정말 돌아가셨단 말이니?"

소희가 힘없이 고개를 끄덕였다.

"어떻게?"

"교통사고로……."

의사는 허탈하게 의자에 주저앉았다. 그리고 한참 동안 아무 말도 않고 소희를 바라보았다.

"그래, 그건 어떻게 찾았니?"

"엄마가 남긴 상자에서요."

"읽었으면 내용이야 다 알 테고…… 어떻게 된 건지 확인하러

왔구나?"

"네."

의사는 소희를 맞은편에 앉히고 소희의 손을 잡은 다음 천천히 입을 열었다.

"어머니가 돌아가셨고 소희도 알 나이가 되었으니까……." 하며 먼저 소희가 마음의 준비를 하도록 시간을 준 후 숨을 들이키고는 천천히 그 다음 이야기를 이어갔다. 이야기가 채 끝나지도 않아 소희는 양손으로 얼굴을 가린 채 울음을 터뜨렸다. 소희의 울음은 너무나도 서럽게 복받쳐 와 그치질 못했다. 그러나 소희는 지금 자신이 할 수 있는 게 그저 목 놓아 우는 것 밖에 없다는 것이 오히려 더 원망스러웠다. 엄마가 앞에 있다면 왜 그랬냐고 고래고래 소리라도 지를 텐데…….

"엄마와 나만 알고 있는 비밀이란다. 병원에서도 모르지. 자신의 실수로 자식을 맹아로 만들 수는 없다고 하시며 날 잡고 놓지 않는 어머니가 하도 완강하셔서 어머니의 뜻을 받아들이기로 했다. 엄마를 말기 암 환자로 꾸미고 엄마가 장기기증 하는 것으로 하고 수술했지. 그 증서도 그 때 쓴 장기기증 서약서이고……."

그리고 담당 의사는 아무렇지 않게 덧붙였다.

"엄마를 생각해서라도 꿋꿋하게 잘 살아라."

집으로 돌아온 소희는 그저 멍하니 벽만 바라보고 앉아 있었다. 엄마의 죽음과 엄마의 죽음이 남겨놓은 무게가 소희의 가슴을 짓누르고 있어 움직일 수가 없었다. 어느새 석양이 창으로 들어오더니 금세 방안을 온통 붉게 물들여 놓았다. 그 때까지도 소희는 구석에 몸을 웅크린 채 넋이 나간 듯 멍하니 앉아 있었다. 퉁퉁 부어버린 눈에서는 눈물이 말라버렸는지 동공만 부석부석해져 있었고 먹먹해진 머리에서는 윙하는 소리만 들려왔다. 그 때 밖에서 누군가 소희를 불렀다.

"소희 안에 있니?"

웅크리고 있었던 다리에 통증이 전해져왔다. 간신히 방문까지가 문을 열자 밖에는 동네 시장에서 채소 장사를 하는 아주머니가 서 있었다.

"그래, 혼자 있니?"

"네."

잠시 소희를 바라보던 아주머니는 곧 소희에게 머물렀던 측은한 눈길을 거두어 방안을 살피기 시작했다. 소희도 아주머니를 따라 시선을 돌리는데 아주머니의 시선이 가 있는 곳에는 콩나물 시루가 검은 보자기에 쌓인 채 우두커니 놓여 있었다.

"저건 어떻게 할꺼니?"

아주머니가 시선을 그대로 둔 채 물었다.

"계속 키우지 않으려면 도로 내가 가져가려고."

아주머니가 문턱에 걸터앉으며 쯧쯧, 하고 혀를 찼다.

"니 엄마도 청승이지…… 저걸 키워서 언제 니 학비를 마련하겠다고."

고개를 숙이고 있던 소희가 아주머니를 바라보았다.

"제 학비를요?"

"몰랐었니? 니 엄마가 다쳐서 병원에 가는 바람에 니가 수업료도 못 냈을 거라며 저걸 키워서라도 한 번 마련해 보겠다고…… 내가 돈도 얼마 안되고 힘만 들 거라고 했는데도 한 번해보기나 하겠다고 그 고집을 부리더라……. 그래서 어쩔 수 없이 일단 한 시루만 키워보라고 주고 간 거 아니니."

말을 마친 아주머니는 다시 쯧쯧, 하고 혀를 찼다. 하지만 이미 말라버린 소희의 눈에서는 눈물도 흘러나오지 않았다.

"니가 키우지 않을 거면 도로 가져가야 될 것 같아서 왔다."

문턱에서 일어난 아주머니가 방으로 들어와 콩나물 시루로 다가갔다. 콩나물 시루를 덮고 있던 검은 보자기를 단단히 동여맨 뒤 시루를 들고 나가려는데 마치 엄마의 흔적을 드러내는 것만 같았다. 그래서 소희가 급히 막고 나섰다.

"제가 키워 볼게요."

아주머니가 들려던 시루를 다시 내려놓았다.

"할 수 있겠니? 학교도 가야 할 텐데."

"네, 할 수 있어요."

"잘 됐구나. 안 그래도 요즘 무공해 콩나물 찾는 사람들이 많아서 말야……. 그럼 한 번 해 보렴."

용건이 끝난 아주머니는 소희의 어깨를 토닥거리고는 바쁜 걸음으로 사라졌다. 아주머니가 가고 소희는 콩나물 시루로 다가가 단단히 동여 매있는 검은 보자기를 풀어냈다.

시루 안에는 콩나물들이 꽤 키가 자라 노란 머리를 밀치며 올라오고 있었다. 부엌에서 물을 가져다가 더듬거리며 콩나물에 물을 주었을 엄마……. 한 시루를 길러 기껏 5,000원을 받으면서 그걸로 수업료를 마련해 주겠다고 생각했다니…….

그만 어이가 없어져 소희의 입에서는 툭, 하니 단타의 웃음이 흘러나왔다. 그리고 생각했다. 언젠가 소희도 엄마가 기르던 저

콩나물처럼 훌쩍 키가 크겠지. 그 때가 되면 지금 다 알지 못했
던 엄마의 사랑을 모두 알 수 있겠지 하고.

비

진실된 사랑이 바로 그녀 자신 가까이 있었다는 것을 깨달았다.

진실된 사랑이 바로 그녀 자신
가까이 있었다는 것을 깨달았다.

그녀는 그 날도 여느 날과 다름없이 집을 나섰다. 좀 다른 것이 있다면 아침부터 추적추적 비가 오고 있다는 정도였다.

언제부터인가 그녀는 비를 싫어하기 시작했다. 특히, 찌는 듯한 더위의 열기가 전혀 꺾이지 않은 채 내리는 한여름의 비는 절대 유쾌할 수 없었다. 온 몸을 휘감는 끈끈한 습기의 느낌이 싫었고 우산을 써도 종아리 아래까지 축축이 젖는 것도 불쾌했다.

그녀가 비를 싫어하기 시작한 것이 딱 꼬집어 언제라고는 말할 수 없지만 아무튼 나이가 들어가면서 서서히 그렇게 된 것 같았다. 그녀에게도 비를 보며 감상에 젖던 시절이 있긴 했다. 한창 사춘기였던 학창시절이 그랬고 처음 소개팅에서 만난 남자를 사랑했던 대학 초년생일 때 그랬다.

지금은 비를 싫어하지만 어쨌든 그녀에게도 비에 관한 감상적인 추억이 있었다. 하지만 직장생활을 하면서 그녀의 마음은 조금씩 식어갔다. 감성을 지키고 살기에 현실은 너무 냉정했고 따라서 그녀 역시 자신도 모르는 사이에 그렇게 되어 버렸는지도 모르겠다. 그리고 언제부터인가 남자를 보더라도 그가 가지고 있는 사회적 지위와 재력의 정도가 선택의 기준이 되어가고 있었고 자신이 갖고 있는 기준에 걸맞는 남자들이 자신을 선택해 주지 않는 것에 불만을 갖게 되었다. 그러면서 그녀의 마음속에 사랑에 대한 기대나 믿음 따위는 사라져 버렸다.

사랑은 단순히 환상일 뿐, 환상이란 쉽게 깨질 수밖에 없는 일인 것이고 따라서 그녀가 환상에 사로잡혀 판단을 흐릴 필요가 없다고 생각했다. 그런 그녀에게 비라는 것조차 감성적 측면보다는 자신에게 미치는 불편함에 더 신경을 쓰게 되는 것도 당연했다.

그녀가 근무하는 곳은 어느 이동통신 회사이며 그녀가 하는 일은 고객의 상담전화를 받는 일이었다. 사무실에 들어선 그녀는 우산을 양철통에 꽂고 젖은 바지를 툭툭 털어냈다. 그 소리에 사무실 입구에서 가장 가까운 자리에 앉아있는 혜숙이가 고개를 들어 바라보았다.

"언니, 오늘은 좀 늦었네."

그녀는 그냥 한번 씩, 웃음을 짓고는 자신의 책상으로 가 앉았다. 컴퓨터의 전원을 켜고 책상에 놓인 전화기를 한참 들여다보았다.

전화기의 스위치를 ON 상태로 바꾸는 순간부터 자동 ARS로 넘어가던 고객들의 전화가 빗발칠 것이다. 갑자기 머리가 지끈거려왔다.

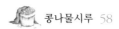

그녀가 이동통신 회사에 고객 상담 일을 한 것도 벌써 3년이
다 되어가고 있었다. 대학을 졸업하고 작은 무역 회사에서부터
몇 곳을 전전하다가 사람에게 치이는 것이 싫어서 정착한 것이
전화 상담이었지만 이것도 고달프기는 마찬가지였다.

하루에 수 십 통의 전화를 받고 상담하고 문제를 해결하는 일
이 만만할 수는 없었다. 그러는 동안 그녀의 나이도 서른을 앞두
고 있었다. 그래서 이제 또 다른 직장을 구한다는 것이 쉽지 않
다는 것을 그녀가 더 잘 알고 있었다. 그녀의 생각대로 전화기의
스위치를 ON으로 전환하자 전화신호가 떨어졌다. 그녀는 잠긴
목을 풀려는지 몇 번 마른 기침을 하고 전화를 받았다.

"정성을 다하겠습니다. 고객 지원부 이나미입니다."

"도대체 비만 오면 통화가 왜 이렇게 안 되는 겁니까?"

앞 뒤 없이 다그치는 고객의 전화로 그녀의 하루가 시작되려나 보았다. 특히 비가 오는 날은 고객의 불만전화가 유난히 많았다. 아침부터 비가 내리고 있을 때 이미 그녀는 각오를 하고 있었을 것이다. 비가 오는 날이면 통화율이 현저히 감소하기 때문이었다.

'귀하가 사용하고 계시는 전화는 착신국의 폭주로 연결이 되지 않습니다.'

분명 전화를 한 고객도 이 소리에 짜증이 나서 자기가 전화를 건 용건을 뒷말로 미루어둔 채 '어디 한번 연결만 돼 봐. 소리부터 질러주리라' 하며 심통을 부리고 있었을 것이다. 그러나 TM 이라는 업종은 서비스를 최상으로 하는 업종이기 때문에 고객에게 맞서 짜증을 낼 수 없는 일이다. 그녀의 감정은 중요하지 않았다. 중요한 것은 고객의 불만을 최대한 해결해 주거나 그렇지 못하더라도 고객에게 최대한 양해를 구해야 하는 것이 그녀의 일이다.

"죄송합니다. 비가 오는 날은 착신국의 착신율이 떨어지기 때문에 어쩔 수 없습니다. 고객께서 양해를 해 주십시오."

"뭡니까? 그래도 요금은 똑같이 내야하는데…… 좀 잘 할 수 없어요?"

"죄송합니다. 좀 더 나은 서비스를 위해서…… 빠른 시일 안에

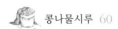

조치하겠습니다."

'죄송합니다'라는 말을 몇 번씩이나 되풀이하고 나서야 고객의 불만을 잠재울 수 있었다. 이제 그녀의 입에는 '죄송합니다'라는 말이 습관적으로 붙어 버린 듯했다.

처음 받은 전화부터 시작한 고객의 불만은 계속 이어졌다. 물론 여느 날도 그녀가 받는 대부분의 전화는 고객의 불만을 토해 내는 것이 대부분이었지만 그날따라 그녀의 신경이 유난스럽게 날카로워지고 있었다. 그녀의 종아리 아랫도리가 아직까지 비에 축축하게 젖어 있었다. 다리의 체온으로 바지를 말리기에는 많은 시간이 필요하리라.

이런 날씨에 이런 전화를 받아야 하는 일은 그다지 유쾌할 리 없었다. 그런데 와야 할 전화는 오지 않고 있었다.

아침에 출근해서 책상에 앉을 때면 대부분 첫 전화 아니면 두 번째 전화가 석우였는데 그 날은 그렇지 않았다.

석우는 영업부에서 근무하는 노총각이었고 그녀가 입사한 후부터 줄곧 그녀에게 구애를 하고 있었다. 특별한 일이 없는 한 아침이면 전화를 해서 즐거운 하루를 외쳤고 입사 후부터 그녀의 생일이면 그녀의 의사와는 관계없이 석우는 꽃바구니에 케익을 보내 왔다.

그녀 역시 석우가 싫은 것은 아니었다. 그와 몇 번 영화를 보거나 시외로 드라이브를 간 적도 있었다. 하지만 그녀는 석우의 사랑을 받아들이지 않고 있었다. 그녀가 지금까지 기다리던 남자는 적어도 석우처럼 작은 키에, 투박한 말솜씨에, 쥐꼬리만한 월급에, 뻔한 미래를 가진 남자는 아니었다. 그러면서도 매번 같은 시간에 걸려오는 석우의 전화가 없는 날이면 왠지 기분이 우울해지는 것을 그녀 자신도 느끼고 있었다.

전화 신호가 떨어지자 그녀는 마음을 가다듬었다. 여차하면 고객에게 신경질적으로 변할 것만 같아 자신도 조마조마 했고 혹시 석우가 아닐까 하는 기대감도 들었다.

"정성을 다하겠습니다. 고객 지원부 이나미입니다."

"비밀번호 좀 알려 주세요."

모처럼 차분한 남자의 목소리였다. 목소리의 톤이 무겁다 못

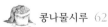

해 전화기가 울릴 정도였다.

"사서함 비밀번호를 잊어버리셨나 보죠. 휴대폰 번호가 어떻게 됩니까?"

"000-000-0000입니다."

그녀는 책상에 놓여진 컴퓨터에 그가 부른 번호를 입력하였다.

"저…… 본인이 가입자이십니까?"

"네."

가입자의 신원내역이 모니터 상에 뿌려졌다.

"죄송합니다만 가입자가 여성으로 되어 있는데…… 본인이 아니시죠?"

"사실은 제 여자친구 전화인데…… 사정이 있어 꼭 알아야 합니다."

그녀는 수화기를 멀찌감치 떼어낸 후 휴~ 하고 길게 숨을 내뱉었다. 이건 또 무슨 일인가 싶었다. 그리고 그녀는 또 난감해졌다. 이럴 경우 상대방은 쉽게 전화를 끊지 않을 것이 분명했다. 그녀가 참을 수 있는 한계에 도달할 것만 같았다.

'뭐 이런 사람이 다 있어. 그걸 말이라고 해. 당신 생각 있는 사람이라면 이렇게 전화해서 여자친구 휴대폰의 비밀번호나 알려달라고 할 수 있는거야?'

그러나 그녀는 속마음과는 달리 꾹 참았다.

"죄송합니다. 그것은 사규상 안되는 일입니다. 비밀번호는 본인이 아니면 조회가 불가능 합니다."

"저도 잘 알고 있습니다만 꼭 알아야 할 사정이 있어서요."

이상하게도 상대방이 말을 할 때면 전화기가 웅웅거리며 울리고 있었다. 마치 가구 하나 없이 텅 빈 방안에서 말을 할 때처럼 그의 말소리는 그녀의 귓속에서 몇 번을 맴도는 듯했다. 이번에는 그녀도 짜증스런 말투로 대꾸를 했다.

"전화하신 분의 사정은 제가 알 봐 아니구요. 사규상 불가능한 일이니까 이만 전화를 끊어주세요."

절대, 가입자가 아닌 다른 사람에게는 사서함 비밀번호를 가르쳐 줄 수 없다는 것을 몇 번이나 반복하면서 그녀의 신경도 극에 달했다. 그녀는 더 이상 전화에 응하다가는 자신도 주체할 수 없을 정도의 말이 튀어나올 것만 같아서 그녀가 먼저 전화를 끊어 버렸다.

그의 전화를 받고 그녀의 기분은 이상하게 우울해지다 못해 슬퍼졌다. 전화기에서 흘러나오던 그의 목소리의 감이 다른 고객들의 전화와는 뭔가 다른 느낌이었고 또 왠지 그의 말대로 여자친구의 비밀번호를 알려 주었어야 될 것만 같았다. 그러나 그녀는 고객상담 전화를 받으면서 겪은 별별 이상했던 일들을 떠올리며 남자의 전화를 무시해 버리기로 마음먹었다.

그녀의 시선이 창 밖으로 향했다. 빗줄기는 더욱 굵어져 있었다. 창에 부딪히면서 부서지는 빗방울 소리가 그녀가 앉아 있는 자리에까지 들려오는 듯했다. 전화 신호음이 떨어졌다. 그녀의 신경이 다시 전화기로 향하면서 얼굴에 잔주름이 잡혔다. 다시 전화가 오면 어쩌나 하고 가슴을 조였지만 다행히 조금 전 그 남자의 전화는 아니었다.

구내 식당에 마주앉아 점심을 먹으면서 혜숙이가 오전에 걸려 온 전화 내용을 화제거리로 끌어들였다.

"왠 미친 녀석이 말이야, 전화를 해서는 자기 여자친구 사서함 비밀번호를 알려달라고 장장 30분이나 귀찮게 구는 거야. 아이, 짜증나. 안 그래도 오늘 같은 날 불만 전화가 많아서 죽을 지경

인데……."

혜숙이는 입사 1년차였다. 아직 앳됨이 남아 있는 얼굴에서 험한 소리가 나올 때면 그녀는 뒤통수를 한 대 얻어맞는 듯 멍해졌다. 그러나 이번에는 혜숙이의 말투 때문이 아니라 그 남자가 또 전화를 했었다는 사실에 어이가 없어졌다.

대표 전화로 걸려오는 전화는 내선을 타고 오다가 모든 전화가 통화중일 때는 대기를, 그리고 상담전화 중에는 비통화중인 전화선을 타게 되어 있었다.

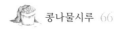

결국 그 남자가 전화를 하지 않은 것이 아니라 단지, 그녀의 전화로 걸려오지 않았을 뿐이었다. 그런데 그녀를 더욱 소스라치게 만든 것은 혜숙이 옆에 앉아 있던 정인이의 반응이었다.

"어머. 그 남자, 너한테도 전화 왔었니? 000-000-0000 번호 맞지? 하도 끈질기게 굴어서 전화번호까지 다 외웠다."

정인이의 말이 끝나자 혜숙이와 정인이의 시선이 그녀에게로 모아졌다. 그녀는 고개를 두 번쯤 끄덕여 보였다.

"언니도?"

혜숙이와 정인의 입에서는 거의 동시에 말이 튀어 나왔다.

"야, 그 남자 무슨 사연인지는 몰라도 정말 대단하다. 그런데 신기하네. 어떻게 전화가 각각 한 사람에 한 통씩 연결될 수 있었지?"

혜숙이가 고개를 갸우뚱하더니 다시 밥을 먹기 시작했다.

"하긴, 별별 전화 다 오니까 그런 전화쯤이야 있을 법도 하지. 특히 요즘은 자기 애인 사서함 비밀번호를 알아내려고 별별 핑계를 다 댄다니까. 지난 번에는 말이야 자기 남자친구에게 새 애인이 생겼는데 꼭 비밀번호를 알아야겠다고 난리치는 거야. 같은 여자끼리 도와 달라고 하소연까지 하는데…… 한 시간 이상을 시달렸어."

그녀 역시 그렇다고 생각했다. 술 먹고 전화해서 데이트 신청하는 사람까지 있는 판에 그런 전화에 신경쓸 것까지 없다고 생각했다. 저녁 무렵이 되어서도 비는 그치질 않았다. 그치기는커

녕 오히려 번개와 천둥까지 동반했다. 몇 번 세상이 번쩍거리나 싶더니 몇 초 후에는 여지없이 소스라치도록 천둥이 몰아쳤다. 온통 하늘을 덮고 있는 검은 구름으로 주위가 어두웠다. 퇴근 무렵이 다가오고 있었지만 한 여름의 저녁치고는 마치 한 겨울인 양 어둠이 짙게 내려앉아 있었다.

사무실의 형광등 불빛이 없었다면 주위의 사물을 알아 볼 수 없을 정도로 날이 무척 빨리 어두워졌다. 그녀는 시계를 한 번 올려다보았다. 저녁 6시. 퇴근 시각이었다.

전화 상담을 하는 여사원들이 하루씩 교대로 야근은 하지만 오늘은 다행히 그녀가 야근을 해야 할 필요가 없었다. 그녀가 퇴근을 하기 위해 전화기 스위치를 OFF시키려는데 전화 신호가 떨어졌다. 신호가 떨어진 이상 어쨌든 전화는 받아야 했다. 그녀는 이번 전화만 받고 가기로 마음을 먹었다.

"정성을 다하겠습니다. 고객 지원부 이나미입니다."

"네, 저……."

웅~ 하는 울림과 동시에 무겁게 내려앉는 남자의 목소리. 그녀는 그가 바로 오전에 전화를 했던 그 남자라는 것을 쉽게 알아차릴 수 있었다. 참 지독하기도 하다고 생각했지만 한편에서는 설마, 하는 마음도 있었다.

"고객님, 무엇을 도와드릴까요?"

"여자친구의 사서함 비밀번호를 알고 싶은데요."

순간 온 몸의 피가 머리끝까지 치솟아 올랐다.

"이봐요, 고객님. 다시 한번 분명히 말씀드리겠는데요. 절대 본인이 아니면 사서함 비밀번호를 가르쳐 줄 수 없어요."

"네, 알고 있습니다. 그래서……."

그녀의 신경질적인 반응에도 남자는 전혀 동요되는 기색이 없어 보였다. 그의 말 뒤로 웅~ 하는 긴 신호음이 길게 늘어졌다.

"다른 부탁이라도 드릴까 해서요."

"뭔데요?"

그녀는 간단히 대꾸했다. 그리고 그녀의 말투도 냉랭했다.

"사서함에 제 목소리가 녹음되어 있거든요. 그거라도 지워 주었으면 해서요."

말도 안 되는 소리를 남자는 주절주절 잘도 한다고 그녀는 생각했다. 비밀번호 못지않게 사서함에 녹음되어 있는 것을 임의로 지울 수는 없는 일이었다. 남자는 마치 자기 목소리니까, 그리고 자기가 녹음했으니까 자기 마음대로 지울 수도 있지 않느냐는 투였다.

"죄송합니다. 그것도 사규상 불가능한 일인데요."

"불가능하다고만 하지 말고 제발 사정 좀 봐주세요."

"본인의 목소리라고 해서 본인이 지울 수 있다고 생각하신다면 그건 잘못된 생각이죠. 타인의 사서함 비밀번호를 알아내려는 것 자체도 불법인 거 모르세요? 그러지 말고 가입자에게 전화를 하세요. 그리고 녹음된 목소리를 지워 달라고 하세요. 여기로 자꾸 전화한다고 가능한 일도 아니고 저희들도 곤란하니까 이만 끊어주세요."

"제가 그럴 수만 있다면 얼마나 좋겠습니까? 그럴 수 없으니까 전화를 했죠. 제발 그녀의 사서함에서 내 목소리만 삭제해 주세요."

"무슨 이유인지는 모르겠지만 어쨌든 불가능한 일입니다."

"그녀가 너무 슬퍼하고 있어요. 자꾸 내 목소리를 듣고 울고 있어요. 이제는 빨리 나를 잊어버려야 하는데 그녀의 사서함에 녹음된 내 목소리 때문에 그녀는 더욱 나를 잊지 못하고 있단 말입니다."

그녀는 속으로 남자를 비웃고 있었다. 그리고 또 남자에게 버림받은 여자도 안쓰럽기보다는 처량하다는 느낌이 들었다. 자신을 차버린 남자 하나 때문에 자신의 휴대폰 사서함에 녹음된 남자의 목소리를 들으면서 울고 있을 여자. 그녀로서는 도저히 이해할 수 없었다. 그리고 이왕 가 버렸으면 그만이지 이제 와서 자신의 목소리를 듣고 슬퍼하는 여자를 생각해 주는 남자도 여간 웃기는 일이 아니었다.

"죄송합니다. 더 이상 이야기를 들을 필요가 없을 것 같네요."

그녀는 단호하게 전화를 끊어 버렸다. 그리고 곧장 전화기의 통화 스위치를 OFF 상태로 바꿔 버렸다. 이마에 손을 얹고 머리까지 치솟은 열을 식히고 있는데 그녀에 대한 궁금증이 서서히 생기기 시작했다. 도대체 어떤 내용이 녹음되었기에 이렇게 난리를 치는 것일까?

그녀는 컴퓨터에서 남자가 말한 전화번호를 다시 입력하였다. 모니터에는 고객에 대한 신원 내역과 서비스 내역이 뿌려졌고 그 아래는 음성 사서함에 녹음된 개수가 표시 되어 있었다. 총 9개의 메시지가 들어 있었다.

그녀는 조심스럽게 음성 사서함으로 들어갔다. 만약 고객의 사서함 음성을 본인의 허락도 없이 들었다는 것을 회사 측에서 알게 되면 그녀는 사직서를 내야 할지도 모르는 일이었다. 그녀는 주위를 한 번 둘러 본 후 첫 번째 메시지에 마우스를 가져다 클릭했다.

첫 번째 메시지. 2000년 8월 3일 오후 6시 37분
응, 나야. 지금 그리로 가는 중이야. 내일 보고해야 할 일이 있어서 정리하고 나온다고 조금 늦었어. 아마 30분 후면 도착할 거야. 기다리게 해서 미안해. 너무 화내지 말고…… 그리고 배고프면 간단하게 샌드위치라도 시켜 먹고 있어. 내가 최대한 빨리 갈게. 정말 미안. 미안.

두 번째 메시지를 클릭했다.

두 번째 메시지. 2000년 8월 3일 오후 9시 58분.

잘 들어갔어? 나도 막 도착했어. 이제 샤워하고 쉬어야지. 내일 출근해서 열심히 일해야 하니까. 그래야 조금이라도 빨리 널 데려오지. 혜진아. 또 미안하다는 말을 하게 되네. 널 너무 오래 기다리게 하는 것 같아서. 나도 하루라도 빨리 결혼해서 너와 같은 침대에서 잠들고 싶어. 내 인생의 최대 목적은 널 행복하게 해주는 거야. 그러니까 조금만 더 기다려줘. 알지? 내가 널 얼마나 사랑하는지. 혜진아, 사랑해.

두 번째 메시지에는 음악까지 잔잔하게 흐르고 있었다. 분명 700번 음악 메시지를 보낸 것이 틀림없었다. 그녀의 입에서는 허, 하고 웃음이 튀어 나왔다. 녹음 된 목소리로 보아서 전화를 한 남자가 당사자임에 틀림없었다. 타인의 사랑 놀음에 자신이 시달린 것을 생각하면 분하기까지 했다. 여기서 그만 둘까 하다가 호기심에 세 번째 메시지를 클릭해 보았다.

세 번째 메시지. 2000년 8월 7일 오후 7시 27분

……

태현씨…….

믿을 수가 없어. 더 이상 태현씨가 이 세상에 없다는 것이 나로서는…… 도저히 믿을 수가 없어. 오늘 장례식이 태현씨의 장례식이 맞긴 한거야? 하얗게 변한 가루가 태현씨 맞는 거야? 그런거야? 정말 이제 태현씨를 다시 볼 수 없는 거야? ……

여자가 자신의 사서함에 녹음을 한 모양이었다. 여자는 흐느끼며 띄엄띄엄 말을 잇고 있었다. 그러더니 결국 울음을 터뜨리고 말았다.

그녀는 잠시 멍한 상태로 앉아 있었다. 그녀가 착용하고 있는 헤드셋에서는 여자의 울음소리가 계속 이어지고 있었다. 남자가 죽었다니……. 그럼 전화를 한 남자는 누구란 말이야. 여자의 죽은 애인. 그렇게 생각하는 순간 그녀의 목줄기에서 등골을 타고 찬 기운이 흘러내렸다. 주위가 갑자기 싸늘해지면서 오싹해졌다.

그녀는 다시 네 번째 메시지를 클릭했다.

네 번째 메시지. 2000년 8월 8일 오후 10시 2분.
태현씨가…… 교통사고를 당한 건 다 나 때문이야. 내가 태현씨를 죽인 거야……. 아침에 지각하겠다고 난리만 치지 않더라도 태현씨가 그렇게 급히 운전을 하는 일은 없었을 거야……. 미안해. 정말 미안해…….

그녀는 또 울음을 터뜨렸다. 짐작하기로 전화를 한 남자의 말대로 여자는 매일 매일 남자가 남긴 메시지를 듣고 슬퍼하는 듯했다. 그리고 남자에게 하고 싶은 말들을 자신의 음성 사서함에 남기고 있는가 보았다. 그녀는 다섯 번째 메시지도 클릭해 보았다.

다섯 번째 메시지. 2000년 8월 9일 오후 8시 37분.
태현씨, 나야. 또 태현씨 목소리가 듣고 싶어서 이렇게 들어왔어. 그래도 내게는 다행이야. 태현씨 목소리라도 들을 수 있는 게 어디야. 만약 태현씨 목소리라도 없다면 내게서 태현씨가 더 빨리 잊혀지고 말겠지. 난 그러기 싫어. 아주 오랫동안 태현씨를 기억하고 싶어. 그래서 내가 태현씨를 사랑했고 또 태현씨가 나를 사랑했었다는 사실을 절대 잊지 않을 거야. 어떻게 그걸 잊을 수 있겠어.

여자의 목이 잠겨서인지 말투는 흐릿했다. 그러나 이전의 메시지에서처럼 울음을 터뜨리지는 않았다. 그런데 그녀에게는 그것이 오히려 더 애처롭게 다가왔다. 그녀는 여기서 중단했다. 더 이상 듣는다는 것이 미안해졌고 한편에서는 온 몸에 깨알 같은 소름이 사르르 돋고 있었다.

전화를 한 남자는 분명히 가입자가 자신의 여자친구라고 했는데 음성 메시지에 의하면 여자의 남자친구는 이미 이 세상에 없는 사람이었다. 도무지 뭐가 뭔지 혼란스러웠다. 그녀는 전화기

의 스위치를 다시 ON으로 바꾸고는 남자가 말했던 휴대폰 번호
로 다이얼을 돌렸다.

"여보세요."

여자의 목소리가 침울했다.

"네…… 여기는 이동통신 회사인데요."

"……."

"다름이 아니고 고객님의 음성 사서함을 지워 달라는 전화가
와서요. 혹시 주위에서 그럴 만한 사람이 있나 해서요. 오빠라던
가, 아니면……."

"무슨 말씀하시는지 모르겠네요. 전 오빠가 없는데요."

"오빠가 아니더라도 주위에 혹시 그럴 만한 남자 분이 없는가
해서요. 아니, 별 것 아니구요. 그냥……."

그녀도 도대체 어떻게 설명해야 할지 난감했다.

"잘못 알고 전화하신 것 같네요."

여자가 먼저 전화를 끊었다.

그녀는 전화기를 내려놓지도 못한 채 우두커니 한참을 앉아
있었다. 그러다 혹시 그녀 자신이 잘못 들었나 싶어 다시 사서함
에 들어가 남자의 음성을 들어보았다. 몇 번을 반복해서 들었지
만 틀림없이 전화를 한 그 남자의 목소리였고 그녀와 통화를 한

여자 역시 음성 사서함에 남자를 애타게 그리워하던 여자의 목소리가 분명했다.

애인의 죽음으로 슬퍼하는 여자친구. 또 여자가 너무 안쓰러워 혼령이 되어서까지 전화를 할 수밖에 없었던 남자. 그녀는 고개를 저었다. 말도 안돼. 그녀는 한참을 멍하니 앉아 생각했다. 도저히 있을 수 없는 일이야……. 그러나 그녀의 가슴은 이미 뭉클하게 내려앉아 있었고 눈에는 눈물까지 핑 돌았다.

그녀의 곁을 영원히 떠나버린 사랑하는 남자를 그리워하는 여자의 슬픔이 느껴졌다. 그리고 자신의 죽음을 슬퍼하는 여자가 애처로워 차마 그녀의 곁을 떠나지 못하고 여자의 행복을 바라는 남자의 간절함이 느껴졌다.

그녀는 딱히 뭐라고 설명할 수는 없지만 음성 사서함에서 그의 목소리를 지워 주어야 될 것만 같았다. 그래야 될 것만 같은 느낌이 그녀를 강하게 사로잡고 있었다. 여자를 생각하는 남자의 간절한 바람이었고 그녀도 여자를 위해서 그것이 좋을 것만 같은 생각이 들었던 것이다.

그녀의 손이 마우스로 옮겨졌다. 마우스를 잡은 그녀의 손에는 땀이 스며 나오고 있었다. 마우스가 미끈했다. 그녀는 마른침을 두 번쯤 삼킨 후 음성 사서함의 삭제 부분에 마우스를 가져다가 천천히 오른쪽의 버튼을 눌렀다. 그가 남긴 메시지가 하나씩 삭제되었다. 남자의 목소리가 담긴 음성이 하나씩 삭제되는 것을 지켜보는 그녀의 마음이 깊게 가라앉고 있었다. 그러나 깊게 가라앉은 그녀의 마음이 오래 전에 잃어버렸던 사랑에 대한 기대와 믿음으로 채워지고 있었다.

전화기를 OFF 상태로 돌려놓으려는데 전화기에서 신호가 떨어졌다. 그녀는 순간적으로 뒤로 물러났다. 휴, 하고 깊게 숨을 들이킨 다음 가슴에 손을 얹고 수화기를 들었다.

"정성을 다하겠습니다. 고객 지원부 이나미입니다."

그녀의 목소리가 가늘게 떨리고 있었다. 그러나 전화를 건 사람은 석우였다. 석우는 그만의 독특한 대소를 터뜨린 후 그녀가 아직도 퇴근을 하지 않은 것은 자신의 전화를 예감했기 때문이라고 해석한 후 같이 저녁을 먹자고 제안했다.

그녀는 사무실을 나섰다. 비가 기세를 꺾으려는지 빗발이 많이 약해졌다. 빗줄기는 일찍 불이 들어온 네온 불빛에 비쳐 반짝였다. 길 옆에 파인 웅덩이로 떨어져 물방울이 일 때는 그 모양이 예쁘기까지 했다.

석우가 그만의 소탈한 웃음을 지으며 그녀를 기다리고 있었다. 그녀는 생각했다. 비가 바짓가랑이를 젖게 만들고 습기로 온몸을 끈끈하게 만들기도 하지만 저녁 무렵에 내리는 비는 무척 운치가 있기도 하다고. 그리고 진실한 사랑이 있다는 확신에 마음이 따뜻해짐을 느낄 수 있었다.

그녀가 음성 사서함에서 메시지를 지운 후 남자의 전화는 더이상 없었다. 그녀는 믿게 되었다. 사랑하는 이를 남겨 놓고 하늘나라로 갈 수 없었던, 더구나 슬퍼하는 여자에게 도움을 주고 싶어했던 남자의 사랑을, 그리고 깨닫게 되었다. 진실된 사랑이 바로 그녀 자신 가까이 있었다는 것을.

인연

버스 정류장으로 상쾌한 바람이 불어와
가로수의 잎사귀들을 흔들고 지나갔다.

버스 정류장으로 상쾌한 바람이 불어와
가로수의 잎사귀들을 흔들고 지나갔다.

그날 그는 버스 정류장에 서 있었다. 손에는 두 장의 공연 티켓이 들려져 있었지만 그 중 한 장은 필요 없어졌다. 그가 서 있는 버스 정류장으로 몇 개의 잎사귀가 떨어져 내렸다. 그는 잎사귀가 떨어진 하늘을 향해 고개를 들었다. 나무는 잎사귀를 더 이상 품을 수 없었던 것인지, 잎사귀가 더 이상 바랜 몸으로 나무 곁을 지킬 수 없었던 것인지 그들은 서로에게서 안타까이 몸을 떼어내고 있었다. 한 개씩, 두 개씩 혹은 여러 개가 무리지어서…….

어느덧 가을이 온 것이다. 몇 대의 버스가 도착하자 먹이를 쫓는 물고기 떼처럼 사람들이 우르르 버스로 몰려갔다. 곧 버스는 그들을 삼키고 사라졌다.

잠시 후 공연장으로 향하는 버스가 도착했다. 하지만 그는 선뜻 오르지 못하고 손에 들고 있는 연주회 티켓만 물끄러미 바라보았다. 연주회 티켓은 외근 나갔다 회사로 돌아오는 길에 구입한 것이었다.

아직 한 번도 여자에게 데이트를 신청한 적이 없어 '티켓 두 장만 주세요'라고 할 때 그의 목소리가 조금 떨렸었다. 하지만 불길한 예감은 맞는 경우가 많았다. 지나치게 가슴 조였던 일들은 대체로 이루어지지 않는다는 말도 하나의 머피의 법칙처럼 되어버린 듯했다.

여자 역시 보기 좋게 그의 데이트 신청을 거절했다. 그도 사실 여자가 자신과는 어울리지 않는다고 생각하고 있었다. 여자는 예쁘다는 말보다 아름답다는 말이 훨씬 잘 어울렸고, 먼지가 펄펄 날리는 도매상의 사무직과는 전혀 어울려 보이지 않았다. 더구나 여자가 이름 있는 여대를 나왔다는 이야기를 들었을 때 남자는 자신이 다가서기에는 벽이 있을 것 같다고 어렴풋이 느꼈다.

"학기 도중에 경영학과로 전공을 바꾼 친구가 있는데 지금 미국 유씨엘에이에서 엠비에이 과정을 밟고 있잖아. 야, 아이비리그 대학 가기가 그리 쉽니? 나도 진작 그 쪽으로 방향을 정했다면 지금 요 모양은 아닐텐데 말야."

지난 여름 아르바이트생과 대화하는 여자의 이야기에서 그는 도무지 무슨 말을 하고 있는지 알아듣지 못했다. 고등학교를 졸업하고 곧장 음반 도매상에 취업을 한 그를 그녀가 좋아할 가능성은 처음부터 적었다. 그것을 알면서도 여자에게 데이트를 신청한 것은 혹시나 하는 마음 때문이었다.

그는 조만간 도매상을 그만 둘 생각이었다. 도매상 일을 그만

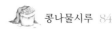

두고 작은 음반가게를 해 볼 참이었다. 작지만 음악이 끊이지 않는 공간에서 누군가와 함께 행복한 웃음을 나누고 싶었는데 그 대상을 그녀라고 생각했던 것이 착각이었다.

그는 오른손으로 왼손에 들려있는 두 장의 티켓 중 필요 없어진 한 장을 뽑아 들었다. 어쩌면 두 장 모두 필요 없는 게 아닌가, 그런 생각을 하자 조금 처량해졌다. 하지만 그럴 필요까지는 없다고 자신을 위로했다. '괜히 진지하게 생각할 필요는 없어. 처음부터 연주회는 혼자서 가기로 한 거야. 그리고 연주회 티켓도 한 장 뿐인 걸.' 그렇게 생각하자 소용이 없어진 티켓 한 장이 불편해졌다.

연주회장에서 무턱대고 다른 사람에게 줄 수도 없고 그렇다고 환불을 요구할 염치도 없었다. 그는 손에 들려 있던 티켓 중 한 장을 버스 정류장 스탠드의 틈새에 끼워 넣었다. 누군가의 눈에 띈다면, 그리고 그 누군가도 자신처럼 음악을 좋아한다면 행운이라도 주고 싶다는 엉뚱한 생각을 잠시 했지만 그것은 소용이 없어져버린 티켓 한 장을 버려야 하는 자신을 위로하기 위해서였다.

공연장으로 가는 버스가 도착했다. 그는 미련을 떨쳐버리겠다는 듯 씩씩하게 버스에 올랐다. 그가 떠나 버린 버스 정류장에는 그가 남겨 놓은 티켓 한 장이 또 다른 주인을 찾고 있는 듯 가을 바람에 팔랑였다.

며칠 전 부장은 그녀의 책상에 몇 묶음의 원고를 올려놓았다.

"이거 급한 건데 괜찮겠어?"

그리고 걱정스럽다는 표정으로 그녀를 바라보았다.

"네."

그녀가 대답했다.

하지만 늦게까지 사무실에 남아 교정을 보고 채 끝내지 못한 일들을 집까지 가져와서해야하는 것은 그녀에게는 좀 버거웠다. 그래서인지 오늘은 그만 몸이 축 늘어지면서 마음까지 싱숭생숭해졌다.

그녀는 창 밖으로 시선을 던졌다. 그저께 병원에서도 무리한 일을 하면 안 된다고 했는데……. 하지만 이번에 또 직장을 그만둘 수는 없었다. 그녀의 마음이 더 무거워졌다.

창 밖으로 돌렸던 시선을 거두고 간신히 정신을 가다듬어 원고에 집중하려는데 붉은 먹물 같은 것이 원고 위로 뚝뚝 떨어져 내렸다. 그녀는 책상에서 티슈를 뽑아 코를 막고는 화장실로 갔다.

그녀의 뒤통수로 '그럼 그렇지' 하는 부장의 시선이 따라왔다. 몸이 안 좋아 야근은 힘들거라 말했을 때 '몸이 그렇게 약해서 직장 생활을 제대로 할 수 있겠어?' 하는 부장의 말투에는 노골적인 짜증이 섞여 있었다.

건강이 좋지 못한 그녀는 일이 많거나 야근을 한 다음 날은 어김없이 병원을 찾아야 했다. 그래도 다행인 것은 회사에서 그럭저럭 그녀의 사정을 이해해 주고 있었다. 이전의 직장이나 또 그이전의 직장에서는 잦은 그녀의 조퇴나 결근으로 인해 은근히 사표를 냈으면 하는 눈치를 주곤 했다. 그녀 역시 그러한 눈치를 이겨낼 자신이 없어 곧 다른 직장을 알아보곤 했다.

사보 몇 권과 간간이 들어오는 출판물의 기획을 대행하는 회사에서 그녀가 하는 일은 교정을 보는 것이었다. 교정은 그녀의 꼼꼼한 성격과도 잘 맞는 편이었다. 그래서인지 근무한지 1년이 조금 넘어서고 있었지만 그녀는 그런대로 잘 견디고 있었다.

오늘도 그녀는 동네 서점으로 향했다. 서점 구석에서 시간 가는 줄도 모르고 책을 읽는 그 시간이 그녀에게는 하루 중 가장 평온하고 행복한 때였다. 그것은 조용하고 소심한 그녀의 성격과 잘 어울렸으며 그녀의 유일한 즐거움이기도 했다.

서점 여주인도 이제는 그녀의 그런 모습에 익숙한 눈길을 보냈다. 그녀가 주로 읽는 책은 사랑에 관한 것이었다. 그것도 슬픈 이별에 관한 이야기를 좋아했다. 자신과는 전혀 상관없을 것 같은 슬픈 사랑의 이야기를 읽으면 그녀의 가슴 한 구석에서는 막연한 대상에 대한 그리움이 피어올랐다. 그러면 그녀는 책을 꼭 끌어안고 깊게 숨을 들이켰다. 얇은 나무껍질이 햇볕에 잘 말려지고 있는 듯한 종이냄새는 먹물과 섞여 사람의 손때가 탄 친숙한 향기로 그녀의 가슴까지 따뜻하게 전해져 내려왔다. 그것은 알 수 없는 상대에 대한 막연한 그리움일 수도 있었다. 그녀는 그런 설레임이 좋았다.

"꼭 살 필요는 없는데……."

읽던 책을 계산하려 하자 서점 여주인이 말했다. 서른을 갓 넘긴 듯했고 주인 여자의 말투는 온화했으며 또박또박했다.

"아니에요. 이 책은 사고 싶어서 그래요."

그녀의 말에 여주인은 자신만이 가진 고유한 웃음을 머금고는 그녀가 내민 돈을 받았다.

서점 옆 음반 가게에서 감미로운 음악이 흘러나오고 있었다. 클래식이었다. 그녀는 이런 종류의 곡에 익숙하진 않았다. 그녀는 서점에서 구입한 책을 가슴 쪽으로 끌어안으며 한동안 음악을 듣고 있었다. 그러면서 가슴에 작은 흥분이 일어 있음을 느꼈다.

저음과 고음을 넘나드는 피아노의 선율이 아름다웠다. 우연찮은 일이지만 이런 기분은 생소하면서도 예전에 느끼지 못했던 것을 느낀 것만 같아 반갑기까지 했다.

그녀는 홀린 듯 서점과 음반가게 사이에 우두커니 선 채 눈을 감았다. 가을 바람이 휭 하니 머릿결을 쓸어놓고 갔다. 헤어밴드가 풀리면서 그녀의 머리카락이 바람에 날려 어깨로 내려앉았다. 몸을 관통하는 듯한 그 바람은 신선하면서도 상쾌했다. 스피커에서 흘러나오는 음율이 그녀의 가슴으로 흘러들었다.

눈을 뜬 그녀는 헤어밴드를 줍기 위해 무릎을 굽혔다. 스피커에서 흘러나오는 곡은 가을에 내리는 부슬비처럼 거리를 적시고 떨어진 잎사귀들과 함께 바람에 날려 뒹굴다가 어디론가 사라졌다.

곡이 끊어지자 그녀는 들고 있던 해어밴드로 다시 머리를 묶어 올렸다. 그리고 막 걸음을 옮기려는데 그녀의 발길을 잡겠다는 듯 끊어진 곳이 다시 시작되었다. 같은 곳이 반복되도록 리플레이를 시켜 놓았나 보았다.

그녀는 음반가게 앞으로 다가섰다. 스피커에서 흘러나오는 곡명이 궁금했으며 이런 음악을 틀어 놓은 사람은 또 누구인지 궁금해졌기 때문이었다. 그녀가 윈도우를 통해 음반가게 안을 들여다보는데 가게 안에서 한 남자가 역시 그녀를 바라다보고 있었다. 정확하게 말하면 남자가 그녀를 바라본 것이 아니라 남자가 내다보고 있는 윈도우로 그녀가 등장한 것이었다.

그녀와 눈길이 부딪히는 순간 남자가 흠칫 놀라는 것 같았다. 그녀 또한 얼굴이 후끈 달아올랐다. 그녀가 재빨리 남자에게 머물렀던 눈길을 거두자 이유도 없이 가슴이 콩닥거리고 있는 자신을 느껴야 했다.

그녀는 당혹스러웠다. 그녀가 걸음을 옮기려다 슬쩍 윈도우로 고개를 돌렸다. 가게 안의 남자는 아직도 그녀를 바라보고 있었다. 남자의 시선이 부담스러워 그녀는 걸음을 재촉했다.

그녀의 방은 크지 않았다. 세 평 남짓 할까.

며칠 전부터는 집으로 돌아오면 보일러를 틀기 시작했다. 조금 있으면 방이 따뜻해져 올 것이다. 그 틈을 이용해 그녀는 샤워를 했다. 샤워가 끝나고 나왔을 때 방안은 온기가 흐르고 있었다.

헐렁한 면바지와 티셔츠로 갈아입고 젖은 머리카락을 수건으로 감싼 채 그녀는 창에 턱을 고이고 밖을 내다보았다. 길 건너 아파트 단지에 조성된 공원에 가로등이 희미하게 불을 밝혔다. 창을 방충망이 가로막고 있어 흐리긴 했지만 어둠이 진 바깥의 풍경은 평온하고 예뻤다. 5층짜리 아파트 몇 곳에 불이 들어와 있었다. 조금 더 지나면 불이 켜지는 집이 그만큼 더 많아 질 것이다.

가끔씩 창을 통해 그런 풍경을 보고 있으면 기분이 묘해졌다. 하루의 일과가 끝나고 집으로 돌아왔을 때 자신을 기다리고 있는 가족이 있다면 참 행복할 것 같았다.

행복한 적이 있었던가. 엄마와 함께 살았을 때는 행복했었지만 그것은 아주 오래 전의 기억일 뿐이었다. 지금은 그녀 혼자였다. 다시 또 행복한 시간이 올까. 그렇게 생각하자 그녀는 서글퍼졌다. 그런데 서글픔을 밀어내며 한 남자가 다가왔다. 음반가게에서 윈도우를 내다보던 남자. 느닷없이 다가오는 남자에 대한 생각에 그녀는 당혹스러웠다. 하지만 그녀의 눈길은 이미 불이 켜져 있는 음반가게로 가 있었다.

그는 며칠째 종일 분주하게 움직이며 가게 안을 쓸고 닦았다. 가게를 인수할 때 이전의 주인은 특별히 손 갈 곳은 없을 거라

했지만 그는 달랐다. 비록 아파트 상가에 붙은 작은 가게였지만 가게 안의 모든 것이 그에게는 작은 흥분을 일으키기에 충분했다.

새롭게 시작한다는 것, 그것도 늘 열망했던 일을 시작한다는 것에 그는 약간의 긴장과 미세한 희열을 느끼고 있었다. 가게 정돈 작업을 오후 늦게 서야 끝냈다. 겨우 한숨을 돌리고 쉬어볼까 해서 자리에 앉으려는데 창가에 물든 노을빛이 남자의 시선을 빼앗았다. 10월도 얼마 남지 않아서인지 일몰은 하루가 다르게 빨라지고 있었다.

그는 창가로 다가가 유리창문에 어우러진 노을빛에 자신의 얼굴을 섞었다. 그는 그녀가 눈을 감은 채 우두커니 서 있을 때부터 그녀를 보고 있었다. 그녀는 그때 흐르고 있던 곡을 감상하는 듯했다. 음반가게를 지나던 그녀가 갑자기, 윈도우를 내다 보고 있는 그의 시선과 마주쳤을 때는 그도 놀랐었다.

그가 오디오 쪽으로 걸어가 CD 플레이 버튼을 눌렀다. 또 그녀의 발길을 잡을 수 있지 않을까 하는 바람이었다. 크라이슬러의 사랑의 슬픔은 지난 번 클래식 공연에서 처음 들은 곡이었다.

은근한 곡이 음반가게와 가게 밖으로 내놓은 스피커를 통해 흐르기 시작했다. 언제 들어도 괜스레 가슴을 아프게 할 만큼 감미로운 곡이었다.

그는 모처럼 마음을 풀고 윈도우를 통해 밖을 내다보았다. 도로변에 심어진 가로수의 잎사귀들은 꽤나 붉게 변해 있었다. 그리고 이따금씩 가지에서 떨어져 나온 잎사귀들이 여름날의 미련을 버리지 못하는지 쉽게 땅으로 떨어지지 못하고 공중에서 맴돌곤 했다. 한참을 서서 윈도우 밖을 내다보고 있는데 그의 시야로 그녀가 들어왔다. 그는 심장이 멈추는 듯 그녀를 바라보았다.

일이 여전히 많은 탓에 그녀는 지쳐 있었다. 병원에서는 더 이상 지금의 일이 무리라고 했다. 그렇다고 일을 그만 둘 처지가 못 되었다. 그래서 걸음을 옮기는 그녀의 발길이 무거웠다.

아무 생각도 하고 싶지 않았다. 그냥 집으로 가 뜨거운 물에 샤워를 하고 잠을 자고 싶다는 생각뿐이었다. 하지만 그런 그녀의 생각은 음반가게를 지나면서 지속성을 유지하지 못했다. 스피커에서 흘러나오는 곡 때문이었다.

그녀는 천천히 걸음을 옮겨 서점과 음반가게 사이의 기둥에 몸을 붙였다. 가을이고 네온사인이 하나둘씩 불을 밝히는 스산한 저녁 분위기로 인해 누구나 마음이 허전해질 수 있다고. 하지만 음율이 가져다주는 느낌은 너무나 쓸쓸했다.

그녀는 용기를 내어 가게로 들어갔다. 남자를 의식할 필요는 없다고 생각했다. 그냥 지금 스피커에서 흘러나오는 곡만 하나 사서 나올 생각이었다.

"찾는 음반이라도 있나요?"

그가 그녀에게 물어왔다.

"지금 스피커에서 흘러나오는 곡을 하나 사려고 하는데⋯⋯."

곡명을 알지 못하는 것이 창피해 그녀가 말끝을 흐렸다.

"크라이슬러 곡이거든요. 곡명은 사랑의 슬픔이에요. 사랑의 슬픔⋯⋯."

그가 진열장에서 CD 하나를 꺼내 그녀에게 건네주었다. 그녀
는 남자가 내민 CD를 받아 들었다. 그리고 계산대로 가서 계산
을 했다. 그녀에게는 CD를 들을 수 있는 오디오가 없었다. 하지
만 그녀는 자신의 행동에 이해를 구하지 않고 CD를 구입했다.

그 날 이후 그녀는 가끔씩 음반가게에 들렀고 그녀의 방에는
포장도 뜯지 않은 CD음반만 하나둘 쌓여갔다.

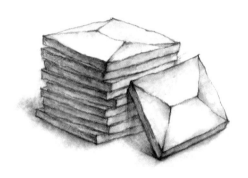

그녀는 가끔씩 음반가게에 들르곤 했다. 한참동안 진열대의
음반들을 살피던 그녀가 CD 하나를 골라 계산했다. 그것이 다
였다. 그녀의 관심은 그저 음반뿐이었다.

그 역시 그녀에게 어떤 이야기도 건네지 못했다. 그녀가 가까
이오기만 해도 심장이 멈추는 듯했고 입술은 바짝 타들어 갔다.

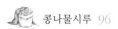

그녀의 눈을 바라본다는 것은 생각도 할 수 없었다.

그는 상가 뒤쪽에 있는 문구점으로 향했다. 문을 열자 문에 달려 있던 종이 땡그렁, 하고 울렸다. 가게 안쪽에 딸려 있는 방에서 주인 아주머니가 나왔다. 그러자 다섯 살 정도로 보이는 여자아이가 따라 나왔다.

"음반가게 하는 분이네요. 우리 가게는 처음 오죠?"

가게를 연 지 한 달이 지났다. 딱히 인사가 없더라도 주위의 상가 사람들은 음반가게를 인수한 그를 알아보았다.

"죄송합니다. 벌써 인사를 드렸어야 했는데……."

"아니에요. 있다보면 다들 인사하게 되는데요."

어색해진 주인 여자가 뒤따라 나온 여자아이를 내세웠다.

"아저씨한테 안녕하세요, 해야지."

하지만 여자아이는 그저 몸만 비틀 뿐이었다.

"뭐 찾는 거 있어요?"

"포장지 좀 사려고요."

가게에도 포장지는 있었다. 가게 이름이 인쇄된 그저 그런 갱지지만. 그가 문구점에서 포장지를 사는 것은 그녀 때문이었다. 그녀가 가게에 들르고 또 CD를 구입한다면 가게에 있는 포장지가 아닌 문구점에서 산 예쁜 포장지로 포장을 해 줄 생각이었다.

그리고 그 안에 입이 떨어지지 않아 못했던 이야기를 적은 편지라도 넣어 볼 참이었다. 주인 여자가 구석으로 가서 포장지가 잔뜩 든 박스를 끙끙대며 꺼내와 그 앞에 내려놓았다. 박스에는 셀로판 포장지에서부터 한지 포장지까지 다양했다.

　주인의 성의를 생각해서 그는 꽤 많은 포장지를 살 수밖에 없었다. 음반가게로 돌아온 그는 들고 있는 한아름의 포장지를 내려놓았다. 자신이 생각하기에도 너무 많이 산 듯 했지만 그래도 그는 들뜬 마음으로 포장지를 골랐다. 그녀에게 어울릴 것 같은 노란 한지 포장지를 선택했다.

그는 A4 용지 한 장을 펼쳐 놓았다. 처음에는 카드에다 쓸까 생각했지만 아무래도 포장할 때 눈에 띌 것 같아 그냥 A4 용지에 쓰기로 했다. 하지만 막상 종이를 펼쳐 놓자 한 자도 적을 수가 없었다. 몇 시간을 고민하고 적은 것이 달랑 한 줄이었다.

'나…… 당신을 많이 좋아하는 것 같아요.'

그의 마음을 알았는지 그녀가 음반가게로 들어왔다. 여느 날처럼 진열대로 가 한참을 이것저것 고른 후 CD 하나를 가지고 계산대로 왔다. 그녀가 고른 것은 하이든의 세레나데가 들어있는 피아노 모음집이었다. 그는 노란 한지로 CD를 포장했다. 다행히 그녀는 그가 포장하는 동안 다른 음반을 살피고 있었다. 그래서 그는 어렵지 않게 써 두었던 편지를 함께 포장할 수 있었다.

"저기…… 포장 다 했습니다."

그의 목소리가 떨렸다.

그녀는 말없이 계산을 했고 그가 내민 CD를 받아 들었다. 그때 그는 처음으로 용기를 내서 그녀의 눈을 바라보았다. 안경에 가려진 그녀의 눈이 맑고 투명했다. 그가 한 번 더 용기를 냈다.

"저기요?"

돌아서려던 그녀가 돌아보았다.

"네?"

"그거 아세요? 크라이슬러의 곡에는 사랑의 슬픔만 있는 게 아니라 사랑의 기쁨도 있다는 거……."

그리고 그가 멋쩍어 웃었다.

방으로 들어온 그녀는 그가 포장해 준 CD를 가만히 들여다보았다. 그리고 방금 전 웃었던 그의 웃음을 떠올렸다. 어쩜 그도 그녀를 마음에 들어하고 있는 것이 아닐까 하는 기대도 해 보았다. 그리고는 노란 포장지로 포장된 CD를 다른 CD들 위에 올려놓았다.

다음 날 그녀는 퇴근하고 집으로 향하는데 가슴 안으로 무엇인가 꽉 들어찬 느낌이 들었다. 그 느낌은 가슴 안에서 넘쳐 났고 가슴은 곧 두근거리기 시작했다. 심장박동 소리는 버스에서 내린 뒤 음반 가게와 가까워질수록 더 크게 넘쳐났다.

오늘도 크라이슬러의 사랑의 슬픔이 흐른다면 그 앞에서 오랫동안 서 있어 볼 참이었다. 그래서 혹시 그가 커피라도 대접하겠다고 하면 못이기는 척 그가 따라 주는 커피를 마셔 줄 생각이었다. 그녀로서는 뜻밖의 용기였다.

음반가게 앞에서 그녀의 걸음이 잠깐 멈추었다. 그것은 크라이슬러의 사랑의 슬픔이 아닌 엉뚱한 곡이 흐르고 있었기 때문이다. 그녀가 조심스럽게 걸음을 옮겨 음반가게 안을 들여다보았다. 그의 옆에서 한 여자가 웃고 있었다. 여자는 피자를 한 조각 떼어 그의 입으로 가져갔다. 그가 조금 망설이긴 했지만 곧 여자의 손에 들려져 있던 피자를 한 입 받아먹었다.

그녀는 쓸쓸하게 돌아섰다. 음반가게 앞을 지날 용기가 나지 않아 아파트를 한 바퀴 돌아 집으로 향했다. 그가 웃던 웃음은 그녀의 것이 아니었다. 잠깐이라도 그가 혹시 그녀를 마음에 들어 할 지도 모른다고 착각했던 것이 부끄러웠다. 갑자기 찬바람이 그녀를 덮쳐 왔다. 그녀가 한기에 몸을 떨었다.

여자가 찾아 왔다.

하루 종일 들뜬 마음으로 빨리 날이 저물어 그녀가 퇴근하고 오기를 기다리고 있을 때였다. CD에 들어 있는 편지를 읽었다면 그녀가 어떻게든 반응을 보일 거라고 생각했다. 그리고 어쩐지 그녀도 그를 마음에 들어하고 있을 것만 같았다.

가게문이 열리는 소리에 그의 시선이 후다닥 그 쪽으로 달려갔다. 하지만 문을 열고 들어 온 사람은 그녀가 아니라 여자였다. 여자는 한 손에는 피자를, 한 손에는 작은 국화 화분을 들고 있었다. 피자를 한쪽에 내려놓은 그 여자가 가게 안을 둘러보았다.

"이걸 어디다 놓으면 좋을까? 어, 저기가 좋겠네. 창가라서 햇볕도 잘 들 것 같고."

여자는 국화 화분을 윈도우 진열 스탠드에 내려놓았다. 국화 화분에는 개업을 축하합니다, 라는 틀에 박힌 문구가 적힌 리본이 묶여져 있었다.

"이거 시들게 하면 안 되는 거 알죠? 2~3일에 한 번 물만 주면 되니까 어렵진 않죠? 아니다. 그럴 게 아니라 이왕 책임지는 거

내가 가끔 와서 물 줘야겠네."

여자는 손뼉까지 쳐가며 호들갑을 떨더니 그때까지도 아무런 말도 못하는 그를 돌아다보았다.

"힘들게 찾아 왔는데 그냥 멀뚱히 바라만 볼 거예요? 어서 오라고 반기던가 아니면 커피라도 한 잔 줘요. 반갑지 않나 보죠?"

여자가 의자를 당겨 앉았다. 하는 수 없이 그는 커피 메이커에서 커피를 따르면서도 느닷없이 여자가 찾아 온 것을 이해할 수 없었다. 왜 왔지? 그의 머리에는 이 단어만이 맴돌 뿐이었다. 그가 커피 잔을 여자에게 내밀었다.

여자는 찰싹 달라붙은 스커트 속에서 왼쪽으로 꼬았던 다리를 오른쪽으로 옮기며 잔을 받아 들었다. 그는 그녀가 오기 전에 여자가 일어서기를 바랬다. 커피를 다 마시면 달리 더 할 말도 없으니까 가겠지 생각했지만 그의 마음과는 달리 여자가 들고 있는 커피 잔의 커피는 좀처럼 줄어들지 않았다. 여자는 참새처럼 한 모금 홀짝 마시고 잔에 묻은 립스틱 자국을 손가락으로 문지르는 일을 반복했다. 그러더니 그제야 생각났다는 듯 소리쳤다.

"맞다. 피자 사 왔지."

여자는 한쪽에 놓여 있던 피자 상자를 열었다. 한 조각을 떼어내서는 그에게 내밀었다. 그가 난처해하자 피자조각을 그의 입에 들이댔다. 그는 혹시 그녀가 지나치다 보기라도 할까 걱정되었다. 그래서 여자가 내미는 피자를 빨리 받아먹는 것이 좋겠다 싶었다. 그리고도 한참을 있다가 여자가 일어섰다. 다행히 그동안 그녀가 가게를 지나치지는 않았다.

가게를 나서다 여자는 국화 화분을 바라보며 마치 아이를 돌보아야 하는 유모인양 말했다.

"국화 때문이라도 종종 와야겠네. 남자들에게 맡겨 두면 며칠도 못 가 시들고 만다니까."

집으로 들어온 그녀는 저녁도 먹지 않고 쓰러져 잠들었다. 몸에 열이 나고 식은땀이 그치질 않고 흘러내렸다. 손가락 하나 까딱할 기운도 없었다. 몇 시간이 흘렀는지 알 수 없었다. 겨우 정신을 차렸지만 그녀는 기운이 빠져 움직일 수가 없었다. 한기가 밀려오면서 온 몸이 파르르 떨렸다. 그리곤 잠이 들고 말았다.

얼마나 잠을 잤는지 알 수 없었다. 잠을 자면서도 그녀는 자신의 건강이 한계에 왔음을 알았다. 그동안의 일이 그녀로서는 무리였다. 게다가 마음의 슬픔은 그녀의 육체를 힘들게 만들었다. 그녀는 출근도 하지 못하고 잠이 들었다 깨었다를 반복하면서 누워만 있었다.

그녀에게는 찾아오는 사람도 없고 그녀를 돌봐 줄 사람도 없었다. 수치심과 함께 슬픔이 밀려와 그녀를 짓눌렀다. 물조차 먹지 못하고 체력은 계속해서 떨어져만 갔다. 눈을 뜨는 횟수도 줄어들었다. 몸은 점점 탈진 상태가 되었고 그녀는 일어설 기운조

차 잃어버렸다.

　그녀에게 머물 것이라 믿었던 사랑이 떠나가 버렸다. 그토록 많은 슬픈 사랑 이야기를 읽으며 그리워했던 사랑이었고 머물기를 기대했던 사랑이었는데 그녀에게는 슬픈 사랑의 기억만을 남겨 놓았다. 그녀는 더 이상 눈을 뜨지 않았다. 어쩌면 그녀가 거부했는지도 모르겠다. 눈을 뜰 때마다 밀려드는 사랑의 슬픔을······.

그는 저녁이면 윈도우에 서서 그녀를 기다렸다. 그런데 며칠이 지나도 그녀의 모습은 보이질 않았다. 그는 그녀가 멀리 여행이라도 갔을 거라고 생각했다. 곧 그녀는 다시 그가 서 있는 윈도우 앞을 지나갈 거라고 믿었지만 더 이상 그녀의 모습은 보이질 않았다.

밤이었다. 잠결에 요란한 구급차의 사이렌 소리를 들은 것 같았다. 어렴풋이 누가 많이 아픈가 보구나 하면서 잠결에서도 걱정을 했었다. 그리고 앰블런스 소리가 사라질 쯤 알 수 없는 강한 통증이 그의 가슴을 헤집고 지나가는 것을 느끼며 잠에서 깨어났다. 그는 잠깐 슬픈 꿈을 꾸었다고 생각했다.

그 날도 그녀는 버스 정류장으로 향하고 있었다.

문득 가는 바람이 그녀의 곁을 스치면서 머리카락을 흩어 놓았다. 상쾌하고 시원한 바람. 그녀의 곁으로 가을이 오고 있었다. 그녀는 걸음을 잠시 멈추고 헤어밴드로 흘러내린 머리카락을 아무렇게나 묶었다. 머리카락에 가려져있던 그녀의 가늘고 아름다운 목선 위로 가을 햇살이 투명하게 내려앉았다.

그녀는 자신이 가진 아름다움을 드러내지 않는 편이었다. 머리카락에 가려진 아름답고 가는 목선도, 화장을 하지 않아도 말끔한 얼굴도, 그 위에 얹혀 있는 검정색 뿔테 안경 뒤로 반짝이는 투명하고 맑은 눈동자도.

고개를 들어 먼 하늘을 올려다보았다. 낡고 오래된 건물 위로 깊어가는 하늘이 붉게 물들고 있었다. 그녀는 사무실에서부터 구름 한 점 없는 하늘을 줄곧 바라보곤 했었다.

교정을 봐야 하는 원고들이 책상에 잔뜩 쌓여 있었지만 그녀의 시선은 왠지 사무실 창 넘어 너무나 맑기만 한 가을 하늘로 향했다.

녹지를 조성한답시고 숨막히는 도시의 한복판으로 옮겨진 나무들도 계절의 변화만큼은 피할 수 없는지 어느새 잎사귀들을 물들이고 있었다. 이제 곧 떨어져 버릴 잎새와 가을 하늘과 그리고 그들과 어울리지 못하는 투박한 빛깔의 건물들이 그녀의 마음을 송두리째 흔들어 놓았다.

잠시 먼 하늘을 바라보았을 뿐인데 그녀는 현기증을 느꼈다. 그럴 때면 주위의 모든 것이 어지러워졌다. 지나치는 사람들도, 어디론가 빠르게 달려가는 차량들도, 다시 다가선 가을도, 그리고 문득 느껴지는 허전함도 그녀에게는 감당하기 힘든 어지러움이었다.

그녀는 잠시 우두커니 있다가 버스 정류장을 향해 힘겨운 걸음을 옮겼다. 집으로 갈 버스를 기다리고 있는데 정류장 스탠드의 틈새에 끼워져 팔랑이는 조그마한 종이 한 장이 눈에 띄었다.

그녀는 무심코 그 종이를 집어 들었다. 그것은 연주회 티켓이었다.

공연 날짜와 시간을 확인하고 주위를 둘러보았다. 그 날이 공연이었고 공연시간은 한 시간도 채 남지 않았다. 혹시 누군가 티켓을 잃어버린 것이 아닌가 싶어 주위를 둘러보았지만 아무도 그녀와 눈이 마주치는 사람은 없었다.

티켓을 손에 쥐고 있던 그녀는 아주 잠깐 망설였을 뿐 마음은 이미 결정을 내리고 있었다. 하늘에서 뚝 떨어진 듯한 공연 티켓 한 장, 이것은 집으로 가봤자 별 할 일도 없으면서, 늘 같은 시각이면 같은 장소에서 버스를 타고 집으로가 썰렁한 자취방의 문을 열어야 하는 자신에게 예외를 주기 위한 것이라고.

비록 컨디션이 좋지 않았지만 그녀는 집에서 축 처져 있는 것보다 연주회를 선택했다. 잠시 후 그녀 앞으로 공연장으로 향하는 버스가 도착했다. 그녀는 손에 들고 있던 공연 티켓 한 장을 바라보고 씩씩하게 버스에 올랐다. 그녀가 떠난 버스 정류장을 상쾌한 바람이 불어와 가로수의 잎사귀들을 흔들고 지나갔다.

설날

"너무 애쓰지 마라. 때가 되면 대문 밖으로
나가 널 기다릴 날도 안 있겠냐."

"너무 애 쓰지 마라. 때가 되면 대문 밖으로
나가 널 기다릴 날도 안 있겠냐"

아침에 눈을 떴을 때 가는 눈발이 하나둘씩 날리고 있었다. 그 때만 해도 2월에 웬 눈인가 했었는데 이제는 아예 함박눈이 되어 수북수북 내리고 있다. 나는 승용차 트렁크에 싣던 굴비박스를 다시 꺼내 뒷좌석에 조심스럽게 실었다. 승용차 시트에 생선 냄새가 배일 수도 있겠지만 어머니가 드실 굴비를 지저분한 트렁크에 싣는다는 것이 어째 마음에 좀 걸렸다.

굴비가 귀하던 시절, 말린 오징어를 내기 위해 강릉을 다녀오실 때면 종종 아버지의 손에는 굴비가 한 짝 들려져 있었다. 하지만 어머니는 그것을 헛간 깊숙한 곳에 감춰 두시고는 형의 입맛이 떨어졌을 때나 한 마리씩 구워 내시곤 하셨다. 나나 심지어 직접 사 들고 오신 아버지조차도 굴비는 구경도 하지 못했었다.

언젠가 밥상을 물리신 어머니가 부엌 한 귀퉁이에 웅크리고 앉아 가시에 남은 살점을 발라 드시는 것을 본 적이 있었다. 그렇게 굴비를 좋아하시면서 한 마리 정도는 자신을 위해서 구워 드실 수도 있었을 텐데 그저 형만 챙기는 어머니가 그 때는 얼마나 원망스러웠던지…….

올 설에는 굴비를 한 짝 사드려야 되겠다는 생각에 며칠 전 백화점에서 두 시간이나 걸려 이놈저놈을 재본 후 살이 잘 오른 것으로 한 짝을 사 두었다. 굴비를 뒷좌석에 잘 실어두고 운전석으로 가는 나는 어머니가 맛나게 드실 것을 생각하면 기분이 좋았지만 서먹하게 명절을 보내고 올 것을 생각하니 마음 한편이 무겁게 내려앉았다.

아직도 어머니의 마음에는 내가 당신의 꿈을 송두리째 뺏어버린 망나니에 불과했고 그런 나를 받아들일 마음이 조금도 없으셨다. 더구나 올 설에는 소연이도 같이 내려가 어머니께 인사를 드리기로 되어 있는데 그 일도 걱정이 되었다.

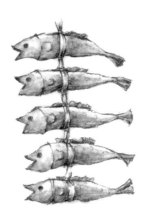

뚝섬 방송통신대학 생활관을 조금 지나자 우산을 받쳐들고 눈발 속에 서 있는 소연의 모습이 보였다. 나는 소연이가 서 있는 길 가까이에 차를 세웠다. 아침에 눈을 뜨자마자 눈이 오고 있어 계획보다 일찍 나서야 될 것 같다고 전화를 했는데 내가 꾸물대는 바람에 소연이가 먼저 나와서 기다리는 꼴이 되고 말았다. 그래도 차에 오르는 소연은 어머니께 인사드리러 가는 것이 마냥 좋은 모양이었다.

"어머님께서 날 마음에 들어하실까?"

차량의 히터 열기로 인해 찬 곳에 있다 들어온 소연의 얼굴은 홍조가 일었다.

"그럼…… 소연이 같은 예쁜 며느리를 누가 마다하겠어."

그렇게 말하고 다시 차를 출발시키는 나의 마음은 영 개운치 못했다. 아직 나는 소연에게 어머니와의 사이가 썩 좋지 못하다는 사실을 말하지 못했다. 막상 나를 대하는 어머니의 태도를 보고 소연이 당혹해하지나 않을까 걱정이었다.

"아버님은 언제 돌아가셨다고 했어?"

횡단보도 신호등에 빨간 불이 들어왔다.

"2년 전에."

엑셀레이터에 올려져 있던 오른발을 브레이크로 옮기면서 짧게 대답했다. 부모님 이야기만 나오면 나는 주눅이 드는 면이 있었다. 특히 소연이 같이 부모님과 격없이 지내는 가족을 보면 더 그랬다. 내가 어머니의 사랑을 받아 본 기억이 없기 때문이기도 했다.

"그럼…… 결혼하면 어머니 올라오시라고 해서 우리가 모시
자."

정지선에 승용차가 멈출 때까지 기다렸다가 나는 소연을 돌아
다보았다. 고생 한 번 하지 않고 자라서인지 소연은 늘 맑고 밝
다. 뽀시랍게 자란 여자답지 않게 어른들에게도 반듯한 편이었
다.

"근데…… 형은 어쩌다가 그렇게 된거야?"

막상 어머니께 인사드리러 간다니까 소연은 집과 관련된 것들
이 오늘 따라 더 궁금했나 보다. 하지만 소연의 말에 선뜻 뭐라
고 대답을 하지 못하는 나의 입에서는 대신 긴 한숨이 흘러나왔
다. 가슴속에서 알 수 없는 흔들림으로 가득 차 있던 시절이 있
었다.

그때 나는 고등학교 1학년 이었고 형은 3학년이었다. 어머니
의 말을 빌리자면 같은 뱃속에서 나왔는데 형과 동생이 달라도
어떻게 저렇게 다를 수 있나였다.

형은 초등학교부터 고등학교를 다니는 동안 매번 전교에서 1,
2등을 다투었다. 따라서 의심할 것도 없이 형에게 서울대는 따
놓은 당상이었고 이미 어머니에게 형은 변호사나 판사 아니면

교수였다.

자식들을 뒷바라지하느라 몸에는 비릿한 냄새가 가실 날이 없었고 바닷바람을 맞는 탓에 얼굴은 늘 검고 푸석했지만 그래도 형이 있었기에 어머니는 항상 동네에서 부러움의 대상이었다. 물론 형 역시 모범생이니만큼 부모님께도 반듯한 자식이었다.

형과는 달리 나는 일주일이 멀다하고 사고를 쳤으며 얼굴은 늘상 싸움박질 한 흔적으로 여기저기 상처로 얼룩져있었다. 어머니에게 나는 골칫거리였고 내놓은 자식이었고 태어나지 말아야하는 몹쓸 놈이었다.

고등학교로 진학하고 한 달 정도 지났을 무렵 같은 학년에서 깐죽대는 어떤 녀석을 때려눕힌 적이 있었다. 문제는 거기서부터 시작되었다. 그 후 나는 나 자신의 의사와는 상관없이 1학년 짱으로 통했다. 동시에 나는 1학년 동급생들에게 매일 얼마간의 돈을 갈취해 학교 짱인 태식에게 갖다 바쳐야 했다.

그것은 하기 싫다고 피할 수 있는 선택의 문제가 아니라 1학년 짱으로 불리는 순간 주어지는 하나의 의무 같은 것이었다. 학교 짱인 태식과 그 무리들은 매일 교문 밖에서 나를 기다리고 있었고 단 하루라도 주어진 액수를 채우지 못할 때는 사정없이 주먹이 날아왔다.

중부고속도로를 달리던 승용차가 영동고속도로로 접어들 때쯤 내리던 눈의 양도 꽤 많아지고 있었다. 이러다가 되돌아가야 되는 것은 아닌가, 나는 은근히 걱정이 앞섰다.

"야…… 눈이 오니까 너무 좋다."

차창 밖을 내다보던 소연이 철없이 소리쳤다. 그런 소연과 나는 6살 차이가 난다. 내가 군대를 갔다오고 3학년으로 복학했을 때 소연은 신입생이었다. 학교 내내 옆에 붙어 따라다닐 때까지도 몰랐는데 어느 틈엔가 여자로 보인 것이었다.

소연은 올 2월에 졸업했다. 소연이와 나이 차가 많아서 좋은

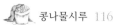

점은, 어떤 짓을 해도 귀엽다는 것이고, 나쁜 점은 철이 좀 없다는 것이다. 그런 소연은 그저 차창 밖에 내리는 눈이 좋기만 한가보았다. 나 역시 뒤늦은 함박눈이 썩 나쁘지는 않았다. 그냥 아무 것도 모르고 어머께 인사 가는 게 마냥 좋기만 한 소연에게 혹시 상처를 주게 되지 않을까 그것이 걱정스러울 뿐이었다.

"장모님이 뭐라고 안 하셔?"

"응?"

"설날 인사드리러 가는 거 말야."

"별 말씀 없으셨어. 그냥…… 한 번 다녀오기 힘드니까 이왕 내려가는 김에 같이 갔다 오기로 했다고 그러니까 오히려 잘 했다고 그러셨어."

"긴장 안 돼?"

"조금 긴장되기는 한데…… 그보다 어머니 뵙고 인사드린다고 생각하니까 기분이 이상해……. 이제 정말 선배랑 결혼하는구나 싶은 게…… 좋아. 그런데 좀 걱정되기는 해. 어머님께서 날 맘에 들어 하시겠지?"

어머니가? 그저께 전화로 며느리 될 사람을 데리고 갈 거라고 말씀 드렸었다. 그 때도 어머니는 아무런 말씀이 없으셨다. 그저 내가 하는 말을 가만히 듣고 계시다가 '그럼 설 전날 내려가겠습니다'라고 하자마자 전화를 내려 놓으셨다. 그래서 어머니가 소연을 살갑게는 대하지 않을 게 분명했다.

소연에게 어머니에 대한 이야기를 미리 해야 되는 게 아닌가,

어머니와 형과 그리고 나 자신에게 일어났던 일을 말하고 만약 소연을 보고 어머니가 맹숭하게 대하더라도 그것은 소연이 마음에 들지 않아서가 아니라 나 자신에 대한 원망이 아직 남아 있는 거라고 말해 두는 게 좋지 않을까……. 하지만 쉽게 입이 떨어지지가 않았다. 어디서부터 이야기를 해야 할지 난감했다.

작년 추석에도 나는 나대로 어머니는 어머니대로 서먹함을 떨치지 못하고 맹숭하게 3일을 보냈다. 내가 집을 나설 때도 어머니는 그저 부엌에서 설거지를 하실 뿐 내다보지 않으셨다. 내가 부엌으로 가서 어머니의 뒷모습에 대고 인사를 했다.

"어머니, 저 가보겠습니다."

설거지하던 어머니의 손이 잠깐 멈추긴 했지만 별 말씀은 없으셨다.

"어머니…… 이제 절 용서하실 때도 되지 않으셨습니까. 제발 절 좀 봐주세요."

이제 많이 휘어버린 어머니의 등을 나는 잠시 바라보다 어쩔 수 없이 돌아서는데 어머니가 한 마디 입을 여셨다.

"너무 애쓰지 마라. 때가 되면 대문 밖으로 나가 널 기다릴 날도 안 있겠나?"

어머니는 멈추었던 설거지를 다시 시작했다. 딸그락거리는 그릇 씻는 소리를 들으며 돌아서는데 눈에서 눈물이 핑 돌고 지나갔다. 하지만 그 때가 언제일지는 아무도 모르는 일이었다. 어머니가 세상을 등질 때나 되지 않을까.

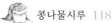

그렇다고 해도 내가 할 수 있는 말은 아무 것도 없었다. 어머니께 형의 존재가 어떠했는지는 누구보다도 내가 잘 알고 있었다. 아버지도 나도 어머니의 안중에는 없었다. 그저 우리 현우, 우리 현우, 어머니에게는 형이 전부였다. 형이 어머니의 꿈이었으며 희망이었고 살아 있는 유일한 기쁨이었다. 그런데 그 모든 것을 나로 인해 하루아침에 잃어버린 꼴이 되었으니.

하루는 화장실을 들락거리는 애들 중 몇 명의 주머니를 턴 후 화장실 뒤쪽에서 나오는데 형이 화장실 입구에 서 있었다. 돈을 털린 녀석 중 누군가가 억울함을 견디지 못하고 형에게 달려가 이른 게 분명했다. 나를 노려보던 형이 다가오더니 다짜고짜 나의 따귀를 때렸다.

"너…… 애들에게 돈을 뺏는다는 소문이 사실이었구나. 너 언제 정신 차릴래? 힘들게 바닷바람 맞으며 비린내 나는 생선바구니 이고 다니시는 어머니 생각은 안 하니? 제발 좀 정신 차려……."

형은 손에 들고 있던 돈을 뺏어 들고는 어디론가 사라져 버렸다. 얼떨결에 돈을 뺏긴 나는 수업이 끝난 후 교문 밖에서 태식 무리들에게 둘러 싸여 얻어맞아야 했다.

주로 내게 주먹을 날리는 녀석은 태식 옆에 바짝 붙어 다니는 작고 새까만 녀석이었다. 태식은 그저 벽에 기대 서 있을 뿐 좀처럼 나서지는 않았다.

녀석의 주먹이 정확하게 나의 명치를 파고들었다. 순간, 다리의 힘이 쭉 빠지면서 나는 그 자리에 털썩 무릎을 꿇고 말았다. 간신히 고개를 드는 나의 시선이 자연스럽게 교문으로 향하는데 그 때 교문을 나오고 있는 형의 모습이 보였다.

교문을 나와 골목 안에서 웅성거리고 있는 태식과 그 무리들의 옆을 지나치던 형이 이쪽으로 고개를 돌렸다. 순간 몸을 추스르며 일어서는 나의 시선이 형의 시선과 공중에서 부딪혔다. 형의 걸음이 멈추었고 몸을 일으키던 나는 멈칫했다. 태식과 무리들의 시선도 나의 시선을 따라 형에게로 향했다.

"뭘 봐?"

한 녀석이 형을 향해 소리쳤다.

형은 어찌할 바를 몰라 당황하기 시작했다. 바닥에서 주춤주춤 일어나는 나와 내 주위를 둘러싸고 있는 녀석들 중 어디에도 시선을 가만히 두지 못하고 흔들리고 있었다.

"야…… 이 새끼가 왜 안 꺼지고 지랄이야?"

한 녀석이 형에게 주먹이라도 날릴 태세로 다가서자 형은 그나마 잠시 나에게 머물렀던 시선을 천천히 거두고는 무겁게 걸음을 옮겨 그 자리에서 돌아섰다. 멀어지는 형의 뒷모습을 보고 있던 나의 목 언저리로 울컥 서러움이 치고 올라왔다.

"으응?"

내가 잠시 생각에 젖어 있는데 소연이 나의 어깨를 흔들었다.

"무슨 생각을 그렇게 해?"

"아니 그냥 좀…… 뭐라고 했지?"

"어머니가 날 마음에 들어하시겠냐고."

"걱정 마. 널 보면 틀림없이 좋아하실 테니까."

소연에게 주었던 눈길을 거두는데 마음 한 쪽이 쓰라렸다. 아침 7시에 출발했으므로 정체를 생각해도 점심 무렵이 조금 지나선 도착하겠지 생각했었다. 그런데 내리는 눈의 양이 예상을 초월해 폭설로 변해가고 있었다.

차량들도 조금씩 속도를 줄이더니 이제는 아예 움직일 기색도 보이질 않았다. 가다 서기를 반복하고 있었다.

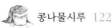

그 날 내가 집으로 돌아와 방으로 들어갔을 때 형은 그저 방바닥만 바라보고 아무런 말도 없었다. 나도 딱히 할 말이 없어 가방에서 책들을 꺼내 책상에 올려놓고는 책상 앞 의자에 앉았다. 작은 숨소리도 들릴 듯 무거운 침묵만이 방안을 가득 채우고 있었다. 그렇게 한참을 있는데 형이 가늘게 떨리는 목소리로 침묵을 깨고 입을 열었다.

"현수야."

"응?"

내가 얼떨결에 형을 돌아보며 대답했다.

"미안하다."

형의 눈빛도 흔들리고 있었다.

"어? 뭐? 아…… 아까 그거…… 괜찮아. 신경 쓰지 마. 다 내가 잘못해서 그런 건데 뭐."

항상 넓고 당당했던 형의 어깨가 그날 따라 축 처져 있었다. 아직까지 저렇게 처진 형의 어깨를 본 적이 없었다.

"나, 정말 괜찮아……. 그러니까 신경 안 써도 돼."

형이 나를 돌아보았다. 눈길이 부딪히자 멋쩍어 나는 고개를 돌렸다.

"너…… 너 말야."

"……."

"그거 정말이야?"

"뭐?"

"애들한테 돈 뺏는 거 정말 태식이 때문에 어쩔 수 없어서 하는 거야?"

벽에 시선을 박은 채 나는 어떤 대답도 하지 못했다. 태식 때문이기도 했지만 사실 형만 편애하는 어머니에 대한 반항도 없지 않았다. 형은 아무런 대답도 하지 못하는 나를 가만히 바라보다가 방을 나갔다.

눈으로 뒤덮인 고속도로를 오도가도 못하는 꼴이 되고 말았다. 지난 추석에는 서울에서 출발해 강릉까지 들어가는데 세 시간이 채 걸리지 않았다. 그래서 눈이 오고 있다고 하지만 늦어도 점심 무렵을 지나면 적어도 강릉으로 들어설 것으로 예상했었다. 그런데 간신히 소사 휴게소 안내 표지판을 지났을 뿐이었다.

2월에 내리는 눈이라고 과소평가했던 것이 잘못이었다. 뒤늦게 나타난 몇 대의 제설 차량이 밝게 전조등을 밝히며 갓길로 지나가는 것이 보였다. 강릉 방면과 그리고 그 가운데 어디쯤에서 동시에 제설 작업에 들어갈 모양이었다.

제설이 될 때까지 점심이라도 먹을 생각으로 나는 승용차를 소사 휴게소 방향으로 틀었다. 휴게소에는 눈을 피해 들어온 차

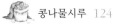

량과 사람들로 만원이었다. 적당히 주차할 곳도 없어 휴게소 건물과 꽤 떨어진 곳에 주차를 시켜 놓고 차에서 내려 건물로 향해 걸어갔다. 건물로 들어와 옷에 묻은 눈을 털어 내는 소연은 이제야 서서히 걱정이 되는 모양이었다.

"이러다가 우리 못 가는 거 아냐?"

"제설 차량이 왔으니까 곧 괜찮아 질거야. 그러면 지금보다는 잘 빠지겠지. 우리 여기서 대충 점심이라도 때우고 기다려 보자."

길게 늘어선 줄에서 차례를 기다려 멀건 우동에 충무김밥으로 점심을 해결하는데 한 시간이 넘게 걸렸다. 점심을 먹고 나온 나는 소연을 휴게소에 남겨두고 승용차로 가 바퀴에 체인을 감았다. 체인으로 인해 덜컹거리는 승용차를 운전해 어설프게 제설된 고속도로로 다시 접어들었다. 그나마도 체인을 감지 않은 차량이나 소형차는 진입을 통제 받고 있는 상황이었다.

제설 작업을 하고 있긴 했지만 몇 대 안 되는 차량으로는 턱없이 부족했고 눈발은 좀처럼 줄어들 기미를 보이지 않았다. 창 밖 하늘은 하얗게 변해 있었고 거세지는 눈발은 시야를 가렸다. 폭설 속에 길게 늘어선 차량들은 전조등을 켜 놓은 채 가다 서다를 반복했다. 디지털 시계를 보았다. 벌써 4시를 넘기고 있었다. 횡계 강릉간 고속도로를 10여km를 남겨 두었다. 폭설이 내린 고속도로에 어둠이 내려앉기 시작했다.

체인을 감아놓기는 했지만 눈이 내리는 고속도로의 운전은 한

치도 방심할 수가 없었다. 좀 전부터 소연이 말이 없었다. 나는 운전대를 꼭 잡고 소연을 돌아다보았다. 소연은 피곤했는지 머리를 의자 뒤에 기댄 채 잠이 들어 있었다.

긴장을 한 탓인지 막막하게 내리는 눈발 속에 조금의 속도도 낼 수 없이 길게 늘어선 차량들을 바라보고 있으니 몸이 아래로 푹 내려앉은 느낌이 나른했다. 금세 피곤이 몰려올 것만 같았다.

잠깐이라도 쉴 생각으로 차를 갓길에 붙이려는데 차의 앞바퀴 부분이 어딘가를 들이박았다. 아마 갓길 난간을 미처 보지 못했던 모양이었다. 충격에 잠들었던 소연이 놀라 눈을 떴다.

"무슨 일이야? 사고 났어?"

"아니…… 크게 부딪친 것 같지는 않은데…… 잠깐 있어 봐."

나는 차 문을 열고 밖으로 나갔다. 어둠에 묻히면서 눈발이 시야로는 잘 볼 수 없었지만 눈을 뜨기 힘들만큼 몰아치고 있었다. 난간에 부딪친 곳으로 갔다. 바퀴에 감아 두었던 체인 중 하나가 난간에 부딪치면서 끊어져 있었다. 한 쪽 바퀴만 체인이 없으면 차가 기울 것 같아 나는 앞바퀴의 다른 한 쪽의 체인도 제거했다. 그 사이 어깨에 수북이 쌓였던 눈이 시트로 주르르 흘러내렸다. 소연이 걱정스런 눈빛으로 나를 바라보고 있었다.

"갈 수 있겠어?"

"잠깐만 기다려 보자."

혹 내리는 눈의 양이라도 줄어들까 갓길에서 기다려 보았지만 폭설은 그 기세를 꺾을 생각이 없는 듯 보였다. 다른 차량들도

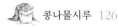

도저히 더 이상 가지 못하겠는지 하나둘씩 서울로 차를 돌리기 시작했다.

"우리도 그냥 돌아가면 안 돼?"

소연은 이제 겁까지 먹은 얼굴이었다. 갓길에 잠깐 세워둔 차가 어느새 온통 눈으로 뒤덮이기 시작했다. 연신 앞 유리에서 눈을 털어 내던 와이퍼도 힘에 겨운지 삐걱거렸다.

"일단 돌아갔다 내일 다시 오던가 하자. 이렇게 있다가 눈에 묻혀 버릴까봐 무서워."

소연의 투정이 아니더라도 좀 걱정이 되긴 했다. 이러다가 차의 시동이라도 꺼져 버리는 날에는 난감한 일이었다. 더구나 이제 날까지 어두워지고 있었다.

소연의 말대로 차를 돌려 서울로 돌아갈까 하는 마음이 들기도 했다. 하지만 설날을 혼자서 맞게 될 어머니를 생각하면 도무지 걸음이 떨어지지 않았다.

"그래도 움직이는 차가 있으니까 우리도 조금만 더 가 보자. 횡계까지만 가면 새로 개통한 고속도로가 있으니까 아마 거긴 제설이 되어 있을 거야."

"정말 괜찮을까?"

소연은 겁에 질린 얼굴로 나를 바라보았다.

"괜찮을 거야."

눈의 기세가 꺾일 것 같지도 않은데 무작정 이대로 기다리기도 뭐해서 나는 다시 조금씩 차를 움직이기 시작했다. 쌓인 눈을 헤치며 다시 고속도로 주행선으로 들어서는데 앞바퀴의 체인을 제거해서인지 차량이 미끄러지며 옆으로 약간 뒤뚱거렸다. 아니나 다를까 가파른 길을 올라가던 차체의 앞쪽이 방향을 잡지 못하고 쏠리기 시작했다. 당황한 나는 브레이크에 올려져 있던 오른쪽 발에 힘을 주고 말았다. 순간 차체가 옆으로 틀어지면서 계속해서 미끄러졌다. '쿵', 하는 소리와 함께 미끄러지던 차가 멈추었다.

"뭐야?"

놀란 눈을 하고 입을 벌린 채 앞만 바라보던 소연의 눈에는 눈물까지 글썽이고 있었다.

"놀랬지? 괜찮아?"

소연의 어깨를 흔들자 그제야 정신이 드는지 나를 바라보았다.

"응. 괜찮은 것 같애."

"잠깐 있어."

밖으로 나가 차를 살펴보았다. 배수를 위해 만들어 놓은 수로의 틈새에 차의 오른쪽 뒷바퀴가 빠져 있었다. 차에서 나갈 때부터 줄곧 나를 따라왔던 소연의 걱정스런 시선이 내게서 떨어지지 못하고 머물러 있었다. 나는 소연의 손을 잡았다.

"아무 일 없을 거야."

폭설을 뚫고 올 수 있을지 몰라도 일단 견인차를 불러보긴 해야 할 것 같았다. 그리고 그럴 가능성이 지극히 적지만 혹시라도

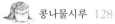

어머니가 기다릴 수도 있지 않을까 하는 생각에 전화라도 해야 했다. 하지만 휴대폰의 신호가 잡히지 않았다.

"잠깐만 혼자 좀 있어."

문을 열고 내리려 하자 소연이 급하게 나의 팔을 잡았다.

"어디 가려고?"

"신호가 안 잡혀서 저 위까지만 갔다 올게."

"나 혼자 있어?"

"곧 올게."

"무서운데……. 같이 가면 안 돼?"

"그 차림으로?"

소연이 외투를 입고 있었지만 얇았고 안에는 스커트 정장 차림이었다. 소연의 손을 톡톡 쳐주고 나는 차에서 내렸다. 나 역시 두꺼운 방한복 차림은 아니었으므로 폭설과 함께 몰아쳐 오는 한기는 곧 외투를 뚫고 들어왔다.

고개를 들어 주위를 살펴보는데 차안에서 보는 것과는 달리 도로는 어둠과 폭설에 갇혀 버린 차량들과 그래도 어떻게든 움직여 보려는 차량들이 뒤섞여 무엇이 무엇인지 분간 할 수 없는 아수라장이었다.

나는 휴대폰을 펼치고 연신 액정 화면 위로 내려앉는 눈을 닦아내며 신호를 잡기 위해 높은 지대를 찾아갔다. 하지만 지역적인 문제이기보다는 폭설 때문인지 신호는 쉽게 잡히지 않았다. 몸은 거의 얼어붙어 턱까지 덜덜 떨리고 있었고 한 발짝조차 움직이기 힘들었다. 그렇다고 돌아가서 무작정 기다릴 수도 없는 노릇이었다.

조금만 더 가면 방향을 돌리는 차가 있을 것도 같았다. 그러면 돌아가는 길에 견인차를 좀 보내달라는 부탁 정도는 할 수 있지 않을까.

30분을 더 걸어가자 몸에서 모든 기운이 다 빠져나가고 탈진 상태에 가까워졌다. 다행히 방향을 돌리는 차를 간신히 잡아 견인차를 좀 보내 달라는 부탁까지는 했는데 다시 차까지 간다는 게 엄두가 나지 않았다.

주위에는 온통 어둠 뿐이었다. 그저 차량의 라이트 불빛만이 길게 늘어서 있을 뿐 폭설이 내리고 있다는 것도 믿어지지 않을 만큼 적막했다. 잠시 폭설 속에 움츠린 채 숨을 고른 후 있는 힘을 다해 다시 승용차가 있는 곳으로 걸어갔다.

저만치 승용차가 보이기 시작할 때쯤 내 몸은 완전히 탈진되어 그 자리에서 쓰러질 것만 같았다. 간신히 후들거리는 두 다리로 몸을 지탱하고 있는데 그 때 누군가 이쪽을 향해 걸어 올라오고 있었다. 걸어오던 걸음이 휘청하더니 그 자리에서 나뒹굴었다.

나는 그도 나처럼 핸드폰 신호를 잡기 위해 높은 곳으로 향하는 사람 정도로 생각했지만 나와의 거리가 가까워지자 그 쪽에서 나를 부르는 소연의 목소리가 들렸다.

"현수 선배?"

놀란 나는 남은 힘을 다해 간신히 한 걸음 한 걸음 그 쪽으로 다가갔다. 나와의 거리가 가까워지자 나를 알아 본 소연은 그만 울음을 터뜨리기 시작했다.

"왜 나왔어?"

"나간지 한 시간이나 된 거 알아? 도대체 어디까지 갔다 온 거야? 혹시 잘못되기라도 했나 걱정했잖아."

나는 눈 속에서 소연을 꼭 껴안았다.

차로 돌아와 히터를 최대한 높이고 대신 뒷좌석의 차창을 조금 내렸다. 그나마 시동이 꺼지지 않은 것이 다행이었고 연료도 충분했다. 남은 것은 이제 눈이 그치고 견인 차량이 오기를 기다리는 것 밖에 없었다.

몸이 따뜻해지자 소연은 곧 잠이 들었다. 나도 몸이 눅눅해지면서 잠이 쏟아져 내렸다. 조수석의 좌석을 뒤로 눕혀 소연을 편하게 해주고 나도 편하게 몸을 뒤로 눕혔다. 다른 차량들도 더 이상 움직인다는 것이 불가능해졌는지 하나둘씩 갓길로 차를 붙이기 시작했다. 밖에서 이따금씩 승용차의 경적 소리가 들리긴 했지만 폭설이 내리는 산중은 근엄하고 무거웠다.

눈꺼풀이 무겁게 덮여왔다. 눈 내리는 이 한밤에 어머니는 무엇을 하고 계실까? 지금 막내아들이 어머니를 찾아뵙기 위해 가다가 폭설에 갇혀버린 것을 알기는 하실까? 괜한 서러움이 복받쳐와 마른침을 몇 번 삼켰다.

형에게 사고가 일어났던 날도 나는 화장실 뒤편에서 화장실을 오가는 몇몇 학생의 주머니를 털었다. 또 빈손으로 교문을 나가다간 나는 물론이고 잘못하면 형까지 봉변을 당할 게 걱정되어 그 날은 좀 무리해서 학생들의 주머니를 털었다.

나의 그런 생각은 화장실 뒤편에서 나오는 순간 소용 없어져 버렸다. 또 형이 나를 보며 서 있었다. 형과 맞닿는 순간 내 입에서는 하마터면 욕이 나올 뻔 했다. 아마 나를 바라보는 형의 눈빛을 내가 보지 못했다면 욕은 입 밖으로까지 튀어나왔을 게 분명했다.

형의 눈빛은 가늘게 떨리면서 동시에 나를 누르는 그 어떤 설명할 수 없는 힘을 갖고 있었다. 내게 다가와 형이 손을 내밀 때도 나는 크게 반항을 하지 못하고 그저 기어 들어가는 목소리로 이번에는 정말 안돼, 라고만 했을 뿐이었다.

"내가 알아서 할 게."

형의 대답은 간단했으며 단호했다. 나는 알아서 한다는 말의 의미를 생각해 볼 겨를도 없이 그저 형의 무게에 눌려 어쩔 수 없이 갖고 있던 돈을 내밀었다. 돈을 받아 든 형은 곧 교실 건물로 들어가 내 시야에서도 사라졌다.

'또 얻어터지겠구나' 각오하고 교문을 나서는데 태식의 무리들이 보이지 않았다. 좀 이상하다는 생각은 했지만 어쨌든 하루라도 무사히 넘어간다는 것에 만족하고 나는 뒤도 돌아보지 않고 후다닥 집으로 향했다. 집으로 돌아와 저녁을 먹을 때까지도 형은 학교에서 돌아오지 않았다. 중간고사가 다가오고 있었고 강릉에서 집까지는 버스를 타고도 1시간을 더 들어와야 하기 때문에 시험 때면 형은 종종 학교 근처 독서실에서 자는 경우도 많았다. 그런 이유로 어머니는 형이 늦거나 하루쯤 안 들어오는 것에는 별 신경을 쓰지 않았다.

하지만 저녁을 먹는 둥 마는 둥 하고 방으로 건너온 나는 나를 불안하게 하는 무언가에 쫓기고 있었다. 밤이 늦어서도 안절부절 못하고 혹시 늦게라도 형이 오지 않을까 싶어 버스가 끊길 시각까지 대문 밖에서 서성였지만 결국 그날 형은 집에 오지 않았다.

요란한 기계음과 사람들의 웅성거림과 자동차의 엔진 소음으로 잠에서 막 깼는데 앞창에 쌓인 눈이 녹으면서 그 틈새를 비집고 들어오는 한줄기 햇살이 정확히 내 동공으로 쏟아져 내렸다.

나는 먹먹해진 눈을 껌뻑이며 운전석의 차 문을 열었다. 쌓인 눈들이 우르르 아래로 무너져 내렸다. 차를 덮은 눈은 못 돼도 한 뼘은 넘을 것 같았다.

밖으로 나오자 세상은 온통 흰색 투성이가 되어 있었다. 하늘은 구름 한 점 없이 깨끗해져 있었고 까마득하게 멀리서 파란 하늘이 하얀 세상과 만나 하나의 선을 긋고 있었다.

어제 밤까지만 해도 사람들의 생명을 위협하며 몰아쳤던 폭설이 아침이 되어서는 세상을 온통 하얀 눈으로 뒤덮어 놓았다. 어제의 암흑과 두려움은 온데간데없이 아름다운 세상으로 탈바꿈되어 있었다.

어제 밤의 우려를 생각해 볼 때 어느 누구도 짐작하지 못한 기쁨이었다. 눈앞에 펼쳐진 눈의 절경은, 그래서 어떤 역경도 뚫고 나가 볼 가치가 있는 것은 아닌가 하는 어설픈 삶의 철학까지 깨닫게 했다.

차 문이 열리는 소리가 들려 그 쪽으로 시선을 돌리는데 소연이 푸시시 잠이 덜 깬 눈을 하고는 밖으로 나오고 있었다. 그리고는 곧 눈앞에 펼쳐진 장관을 보고는 말이 안 나오는지 한동안 입만 떡 벌리고 언덕 아래로 펼쳐진 눈에 덮인 세상을 번갈아 보았다.

고속도로는 이미 제설 차량이 눈을 제거하고 지나간 후였고 차에서 일찍 나온 사람들은 차를 덮고 있던 눈을 치우고는 서서히 차를 몰아 주행차선으로 진입하고 있었다.

나도 견인차가 오기 전에 서둘러 눈이라도 치워야 될 것 같아 서둘렀다. 다행히 어제 부탁한 차의 연락을 받고 한 시간이 좀 지나서 견인차가 도착했다. 견인차에 의해 쉽게 차를 배수로 틈에서 끄집어내긴 했지만 배수로에 빠질 때 뭐가 잘못 되었는지 차가 움직이자 뒷바퀴에서 징징거리는 소리가 났다. 어쩔 수 없이 견인차로 강릉까지 가기로 했다.

횡계에서 새로 개통한 고속도로로 접어들자 강릉까지는 무리 없이 쉽게 갈 수 있었다. 제설도 잘 되어 있었고 차량의 흐름도 좋았다. 나와 소연은 견인차 뒤에 매달린 승용차에서 지난 밤 혹한이 몰아칠 때 얼마나 겁에 질려 있었는지에 대해서 이야기했고, 나는 정상까지 갔을 때의 탈진 상태에 대해서 이야기했다.

설날이라 강릉에도 영업중인 카센터는 없었다. 견인차 기사가 잘 안다는 정비소로 가서 주차장에 차를 내려놓았다. 내일 쯤 전화하면 수리해 줄 거라며 전화번호까지 가르쳐 주었다. 견인차 기사에게 견인 비용을 지불하고 소연과 나는 택시를 잡을 생각으로 짐을 챙겼다.

소연은 여행용 가방 한 개가 전부였고 나는 짐이라고 할 것도 없었다. 뒷좌석에 실어 두었던 굴비박스를 꺼내 들고는 정비소를 나와 큰길로 향했다.

택시가 마을 입구에 도착했을 때 이미 11시가 다 되어가고 있었다. 늦었지만 그래도 제사는 지내야 하기에 서둘러 택시에서 내렸다. 소연은 그제야 손가락으로 흐트러진 머리카락을 정돈하고 구겨진 스커트를 툭툭 털어 냈다.

나도 그 때까지 나 자신이나 소연의 외모가 지난 밤 동안 얼마나 구겨져 있었는지에 대해서는 그렇게 신경을 쓰지 못했었다. 그런데 막상 보니 소연이나 나나 몰골이 말이 아니었다. 처음 서울에서 승용차에 오를 때만 해도 잘 다려졌던 소연의 옷차림은 온통 구김 투성이었고 머리카락은 드라이가 풀려 머리에 찰싹 달라붙은 상태였고 얼굴의 화장은 지워지고 얼룩진 상태였다.

나 역시 지난 밤 폭설 차에서 정상까지 갔다 오느라 구두고 옷이고 할 것 없이 엉망진창이 되어있었다. 소연과 나의 몰골에는 지난 밤 지나간 폭설의 흔적이 여실히 남아있었다.

"어쩌지?"

소연이 나를 바라보았지만 나라고 해서 뾰족한 대책은 없었다.

"하는 수 없지 뭐. 집에 가면 먼저 제사부터 지내고 샤워하자."

"어머니가 밉다고 하시면 어떻게 해?"

나는 소연의 손을 꼭 잡고 마을을 향해 걸음을 옮겼다. 우여곡절 끝에 도착하긴 했지만 이제부터가 문제였다. 어머니가 나를, 그리고 나와 함께 온 소연을 반갑게 맞아 줄 리는 없었다. 집과 거리가 가까워질수록 나의 걸음은 그만큼 무거워지기 시작했다. 바로 앞의 골목만 돌면 비록 멀긴 하지만 집의 대문이 보일 것이다. 심장까지 쿵덕거리기 시작했다. 골목을 도는데 집 앞에서 서성이는 누군가의 모습이 보였다. 환각인가?

설핏 그 모습은 10년 전 나의 모습인 것도 같았다. 버스가 끊

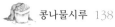

어질 때까지 집으로 들어가지 못하고 대문 밖에서 서성이던 나…….

그 날 형은 결국 돌아오지 않았다.

✳

다음 날 나에게 얻어맞았던 녀석이 내게로 달려왔다. 어제 수업이 끝나고 형이 제 발로 태식을 찾아갔다고 했다. 나는 녀석의 말이 채 끝나기도 전에 3학년 6반 교실로 달려갔다.

태식을 찾았지만 태식은 아침에 학교에 오지 않았다고 했다. 다시 교실에서 나온 나는 뭔가 잘못 되었다는 예감을 벗어 던질 수가 없었다. 곧장 형의 교실로 가는데 교실에서 형의 담임 선생님이 나오고 있었다. 담임 선생님이 나를 불렀다.

"현우 어디 아프냐? 웬만해서 결석할 놈이 아닌데……?"

나는 다리에 힘이 풀려나가는 것을 느꼈다. 바닥에 털썩 주저앉는 나의 머리통을 선생님이 막대로 한 대 툭 치고 지나갔다. 하지만 나는 전혀 통증을 느낄 수 없었다.

형은 그 날 저녁 학교 뒤 산턱에서 싸늘하게 식은 채로 발견되었고 태식과 그 때 함께 있었던 무리들은 이미 경찰서로 송치된 상태였다. 형은 혼자 태식을 찾아가 내게 다시는 동급생에게 돈을 터는 따위의 일은 시키지 않겠다는 약속을 할 때까지 주먹을 날렸다고 했다. 하지만 번번이 맞는 쪽은 형이었고 그러다가 무리 중에 한 녀석이 몽둥이로 형을 내리친다는 게 그만 머리를 강타했다. 그리고 형은 그 자리에서 다시 일어나지 못했다.

소식을 알고 경찰서로 달려온 어머니는 바닥에서 싸늘하게 식은 형의 몸을 부여잡고 몸부림쳤지만 형은 눈을 뜨지 않았다.

"이 몹쓸 녀석아. 기어이 니 형을 죽여 놓고 마는구나. 그래? 속이 시원하냐? 니 형 죽여 놓으니까 속이 시원해? 니가 죽어라……. 니가 죽고 제발 니 형 좀 살려 내거라! 니 형 좀 살려내!"

그 때 어머니는 이를 악물고 절대 나를 용서하지 않을 거라고 단호하게 말했다. 용서할 수 없을뿐더러 자식으로 생각조차 하기 싫다고 하셨다. 그리고 10년의 세월이 지난 지금도 여전히 자신이 한 번 쏟아 낸 말들을 절대 주워 담지 않으려는 듯 나를 외면하셨다.

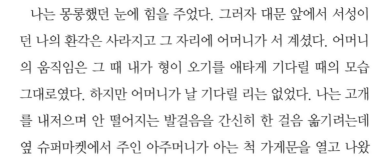

나는 몽롱했던 눈에 힘을 주었다. 그러자 대문 앞에서 서성이던 나의 환각은 사라지고 그 자리에 어머니가 서 계셨다. 어머니의 움직임은 그 때 내가 형이 오기를 애타게 기다릴 때의 모습 그대로였다. 하지만 어머니가 날 기다릴 리는 없었다. 나는 고개를 내저으며 안 떨어지는 발걸음을 간신히 한 걸음 옮기려는데 옆 슈퍼마켓에서 주인 아주머니가 아는 척 가게문을 열고 나왔다.

"이게 누구냐? 현수 아니냐?"

나는 아주머니를 향해 고개를 숙였다.

"눈이 와서 못 오나 했는데…… 왔네, 왔어."

아주머니는 손뼉까지 쳐가며 반가워해 주셨다. 그래도 누군가 반기는 사람이 있어 다행이다 생각하고 씁쓸하게 다시 시선을 집 앞으로 향하는데 가게 아주머니의 시선이 따라왔다.

"아이구, 니 어머니 나와 계시는 것 좀 봐라. 어제 밤부터 눈 때문에 못 올려나 하시며 눈 속에서 늦게까지 기다리시더니 아침부터 나와서 저러고 있네. 참 며느리 될 사람을 데리고 온다고 하던데 이 아가씬가 보네……. 어휴 이쁘기도 하지. 니 어머니는 이제 좋으시겠다. 그렇게 기다리던 막내아들도 오고, 이렇게 예쁜 며느리도 오고. 기다리시는데 빨리 가 보렴."

가게 아주머니가 말을 채 끝내기도 전에 내 눈에는 이미 물기가 어른거려 앞을 흐려놓았다. 혹시 소연이 눈치라도 챌까 눈가를 훔치지도 못하고 눈만 껌뻑거리며 집을 향해 바라보는데 대문 앞에서 서성이던 어머니가 우리 막내아들 현수가 맞나, 하시듯 이 쪽을 바라보았다.

노안으로 잘 알아보지 못하겠는지 연신 고개를 갸웃하시는 어머니를 바라보며 나의 가슴 한쪽이 뭉클하게 내려앉았다. 한 손에는 어머니가 맛있게 드실 굴비를, 다른 한 손에는 어머니의 며느리가 될 소연의 손을 꼭 잡은 채 성급한 내 발걸음은 이미 성큼성큼 어머니를 향해 걸어가고 있었다.

'너무 애쓰지 마라. 때가 되면 대문 밖으로 나가 널 기다릴 날
도 안 있겠냐' 하시던 어머니의 목소리가 또렷하게 들려왔다.

해후

청개구리는 힘겨운 듯 파란 풀잎 위를
느릿하게 기어오르고 있었다.

청개구리는 힘겨운 듯 파란 풀잎 위를
느릿하게 기어오르고 있었다.

그녀의 꿈은 문학 평론가가 되는 것이었다. 대학원을 가고 박사과정을 밟고 그래서 문학에 대해 자신감이 생겼을 때 나름대로 자신의 목소리를 갖고 싶어했다. 그러나 현실이 그녀의 꿈을 따라 주지 않았다.

대학을 졸업하기까지 그녀는 생활비와 학비를 조달하는데 시달려야 했다. 방학이면 낮에는 편의점이나 주유소를, 밤에는 호프집 아니면 커피숍을 전전했지만 매번 추가등록 기간이 되어서야 겨우 그 학기의 수업료를 납부할 수 있었다.

한 번은 추가등록 기간조차 놓친 적이 있었다. 대학본관을 찾아가고 학장을 만나고 어떻게 사정해서 휴학까지 해야하는 상황은 모면했지만 그럴 때면 그녀는 지쳐 있었다.

전쟁과 같은 4년을 보내고 졸업은 했지만 사회는 여자라는 것과 국문학이라는 것에 대해 높은 점수를 주지 않았다. 4년 내내 입사원서를 들고 뛰어 다녔지만 그녀를 위한 자리는 없었다. 그래서 경리 겸 사무직으로 온 곳이 지금 그녀가 근무하고 있는 부동산 사무실이었다.

첫 월급을 타던 날, 그녀는 처음으로 백화점에서 옷다운 옷을 한 벌 샀다. 그것도 부동산 사무실 사장이 하도 그녀의 차림을 갖고 트집을 잡아서였다. 그러나 그녀는 다음 날 백화점으로 가서 한 시간의 끈질긴 호투 끝에 옷을 환불했다. 그리고는 돌아오는 길에 이대 앞에서 보세 원피스 한 벌을 구입하면서 학비를 모아 다시 공부하겠다는 다짐을 했다. 부동산 사무실에서 3년째 일하는 동안 점차 다시 시작하겠다는 공부와는 거리가 멀어져 갔다.

그녀가 술기운을 빌려 그 이야기를 했을 때 그녀의 입에서는 피식 웃음이 흘러나왔지만 눈에는 물기가 고여 들었다. 그녀는 그러한 자신의 삶을 받아들이는 것을 힘들어하는 것 같았다. 일반적일 수도 있을 생활의 사사에서 오는 고단함들, 누구나 다 그렇게 살아간다고 해서 그녀가 힘들지 않은 것은 아닐 것이다.

그녀를 만난 것은 장마가 유난히 길었던 여름이었다. 6월부터 시작된 장마는 지겹도록 그 기세를 꺾지 않았다. 습한 공기로 느껴지는 무더위, 하루에도 몇 차례 쨍쨍한 날씨와 폭우가 교차했다.

오피스텔을 나온 나는 우산을 펼쳐들고 편의점으로 향했다. 편의점에 들어서자 에어컨에서 강하게 품어져 나오는 냉기가 몸을 싸늘하게 식혀 주었다. 냉장고에서 1.5리터 콜라와 토마토 주스 한 병과 컵 라면 세 개를 바구니에 담아 계산대로 갔다.

나는 점원이 계산하는 동안 고개를 돌려 밖을 내다보았다. 좀처럼 수그러들려 하지 않는 빗줄기, 그 사이로 한 여자가 나의 시야로 들어왔다. 소매 없는 검정색 원피스 차림의 여자는 도저히 쏟아지는 빗속으로 달려갈 엄두가 나지 않는 듯 망연스레 빗줄기만 쳐다보고 있었다. 그러고 보니 그녀의 손에는 우산도 없었다.

스캐너가 고장이 났는지 삑삑 거리는 소리만 낼 뿐 바코드가 입력되지 않는 모양이었다. 점원은 포기한 듯 내가 가져온 물건들의 바코드를 일일이 손으로 입력하기 시작했다. 가끔 그런 일이 있긴 하지만 드문 일인지 금전등록기를 두드리는 점원의 손동작이 어설펐다.

점원이 바코드를 입력하는 동안 나는 별 할 일도 없어 무심한 마음으로 편의점 앞에 서 있는 여자를 바라보았다. 하염없이 비를 바라보는 여자의 모습이 운치 있었다. 여자와 비가 잘 어우러져 한 장의 사진을 보는 듯했다. 내가 잠깐 생각에 잠겨있는 동안 점원이 계산을 마친 비닐봉투를 내밀었다.

"손님, 3,500원입니다."

계산을 마치고 비닐봉투를 받아들고 편의점을 나오는데도 여자는 아직도 쏟아지는 빗줄기를 원망스럽게 바라보고 있었다. 우산을 펼치고 편의점 앞 층계를 내려서다 여자를 돌아보았다. 우산을 같이 쓰자는 정도의 호의를 부담스럽게 의식할 필요는 없을 것 같았다.

"저…… 우산 같이 쓸까요?"

여자는 내 말을 들었는지 못 들었는지 빗줄기만 바라보고 있었다. 나도 여자를 물끄러미 쳐다보았다. 그리고 곧 그녀가 지금 바라보는 것이 빗줄기도 아니고 비를 퍼붓는 원망스런 하늘도 아니라는 것을 깨달았다. 그녀는 아무 것도 보고 있지 않았다. 그것을 그녀의 텅 빈 눈빛에서 알 수 있었다. 나는 다시 한번 여자에게 말을 건넸다.

"우산 같이 써요."

여전히 여자는 반응이 없었다.

마치 천년 전부터 그 자리에 몸이 굳어버려 비만 오면 나타나는 혼령이 내 눈에만 보이는 것이 아닌가 하는 착각을 할 정도였다. 나는 곧 무안해져 여자를 외면하고 편의점 앞 층계로 내려섰다.

"저…… 우산 좀……."

나는 여자를 돌아다보았다.

여자는 어느덧 밝게 웃고 있었다. 우유 빛 얼굴에 번지는 여자의 엷은 웃음이 보기 좋았다. 웃음이 담긴 눈가에는 허전함은 사라지고 생기가 흐르고 있었다. 조금 전의 그 여자는 사라지고 전혀 다른 사람이 같이 우산을 쓸 수는 없겠냐고 묻고 있는 듯했다. 나는 여자에게 우산을 내밀었다.

"고맙습니다."

여자는 커피가 든 비닐봉투를 왼손에서 오른손으로 옮기며 나의 오른쪽으로 가볍게 들어왔다. 오피스텔 현관을 향해 걸으며 여자를 힐끗 쳐다보았다. 가는 목선을 타고 내려온 머릿결이 여자가 걸을 때마다 찰랑거렸다. 찰랑거리는 머릿결에서 샴푸 향이 짙게 배어 나왔다.

"비가 오기 전부터 서 있었던 거예요?"

"네?"

여자의 대답은 그것 뿐이었다. 생각이 많은 사람이구나 생각했지만 무슨 생각이 그렇게 많은지 묻지는 않았다.

"우산 같이 쓰자는 말 못 들었어요? 두 번씩이나 물었었는데……."

"네? 아…… 네."

여자는 그랬었구나 했지만 그렇게 개의치 않는 듯했다. 나는 다시 여자를 한 번 쳐다보았다. 우산이 닿지 않는 여자의 어깨부분이 비에 노출되자 걷던 여자의 걸음이 나에게로 바짝 다가왔다. 여자의 맨살이 반소매 차림인 나의 팔에 스칠 때 가슴에선

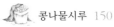

찬 기운이 쏴, 하고 지나갔지만 그저 낯선 여자에 대한 호기심일 뿐이라고 생각했다. 그렇게 생각하려고 애쓰며 나는 우산을 여자 쪽으로 좀 더 기울여 주었다.

오피스텔 현관에 도착해 나는 우산을 접었고 여자는 고맙다는 말로 가벼운 목례를 하고 로비에 나열되어 있는 우편함으로 걸어갔다. 여자가 우편함에서 우편물들을 고르는 사이에 엘리베이터가 도착했다.

그 날 이후 그녀에 대한 야릇한 여운은 엘리베이터를 타거나 혹은 오피스텔 현관을 지나칠 때면 혹시나 그녀를 만날지도 모른다는 기대를 갖고 주위를 두리번거리게 했으며 또 쓸데없이 오피스텔의 다른 층들을 배회하도록 만들었다.

이틀이 지나서였다. 나의 작은 수고로움에 대한 보답이었는지 그녀를 우연히 만나게 되었다. 그녀는 11층에 조성되어 있는 정원에 쪼그리고 앉아 무언가를 뚫어지게 쳐다보며 꼼짝도 하지 않고 있었다. 꽤 요란한 걸음으로 다가갔지만 아무런 반응도 없이 그녀의 모든 시선은 한 곳에 집중되어 있었다.

소리라도 질러 짓궂은 장난을 쳐 볼까했지만 그녀의 시선이 너무 진지해서 그것도 쉽지 않았다. 나무 무늬결의 콘크리트 벤치에 앉아 나는 그녀가 그 진지함에서 벗어나기를 기다렸다.

얼마쯤 시간이 지나서야 그녀는 나를 향해 고개를 돌렸다. 나는 반가움에 벤치에서 벌떡 일어섰지만 그녀는 나를 못 보았는지 아니면 보기는 했지만 관심 없는 것인지 이내 다시 고개를 돌려 버렸다.

그녀는 지금 자신이 빠져버린 그 진지함에서 벗어날 마음이 전혀 없는 것 같았다. 더 이상 기다리는 것도 불편해 그녀 곁으로 다가가 그녀가 바라보는 곳에 시선을 던졌다. 한참을 바라보고 나서야 그 곳에 있는 것이 조그마한 청개구리라는 것을 알았다. 청개구리는 힘겨운 듯 파란 풀잎 위를 느릿하게 기어오르고 있었다.

"너무 신기하지 않아요? 어떻게 이런 곳에 생명이 있을 수 있을까요?"

그녀의 말대로 사방이 오피스텔 건물로 빈틈없이 격리된 인공 정원에 청개구리가 있다는 것이 신기한 일일 수도 있었다. 하지만 또 누군가 바깥에서 잡아 온 청개구리 한 마리를 장난스레 이곳에 놓아주었다면 그렇게 신기할 것도 없었다. 나는 오히려 신기하게 생각하는 그녀를 신기한 듯 바라보았다.

"얼마나 외로웠을까요? 이런 곳에 혼자서 산다는 것은 숨막히는 일이에요. 아마 나라면 벌써 자살이라도 했을 거예요."

별거 아닌 일에 대단한 일인 양 확대 해석하는 그녀를 애써 이해하며 말했다.

"누군가 몹쓸 짓을 했군요."

"아니에요. 그건 아닐 거예요. 혼자 힘으로 이 곳까지 기어올라 왔을 거예요. 이제는 한 걸음을 옮기는 것도 힘들어하잖아요. 다시 돌아가고 싶어도 힘이 빠져 엄두가 나지 않을 거예요. 그래도 나는 다 이해할 수 있어요."

무엇을 이해한다는 것인지. 말투가 너무나 단호해서 나는 더 이상 아무 말도 못하고 그저 풀잎을 기어오르는 청개구리를 바라보았다. 그녀의 말대로 청개구리는 한 걸음이 힘겨운 듯 느릿느릿 풀잎을 오르고 있었다.

청개구리에서 그녀에게로 내 시선이 옮겨갔을 때 눈물을 글썽이는 그녀의 눈망울을 나는 이해하지 못했다. 그런 나를 남겨 둔 채 그녀는 두 손으로 청개구리를 감싸 안고는 정원을 나서서 엘리베이터 쪽을 향해 걷기 시작했다.

그 날 저녁이었다. 초인종 소리에 문을 열자 그녀가 한밤중에 나타난 혼령처럼 반쯤 열린 현관문을 밀치고는 사무실로 들어섰다. 나는 느닷없이 들이닥친 그녀의 출연에 어쩔 줄 몰라 당황하고 있는데 그녀는 아무렇지도 않은 듯 소파로 가 주저앉았다. 이미 술에 잔뜩 취했는지 소파로 가는 걸음이 몇 번 휘청거렸다.

"결국 청개구리는 죽어 버렸어요. 아파트 공원까지 가서 놓아 주었지만 꼼짝도 하지 않더라구요. 그러더니 결국 죽어 버렸어요. 어쩌면 힘들더라도 그냥 놔 둘 걸 그랬어요. 다 내 잘못이에요."

나는 의자를 끌어당겨 그녀 앞에 앉았다. 그녀는 가물거리는 눈빛으로 나를 응시하더니 정신나간 여자처럼 히죽히죽 웃음을 터뜨렸다.

"그 놈이, 미안…… 미안……. 그 청개구리가 어떻게 11층까지 기어올라 온 줄 알아요? 모를 거예요. 아무도 몰라요. 편한 거? 좋죠……. 하루 세 끼 먹고 풀잎에 앉아 따뜻한 햇볕이나 쬐고 날이 저물면 잠들면 그만이죠."

말을 잇다 말고 갑자기 두 손으로 얼굴을 가린 채 흐느끼기 시작했다.

"그래도 아쉬운 뭔가가 있잖아요. 딱 꼬집어 뭐라고 말은 못해도 이건 아니다. 뭔가 다른 것이 있을 텐데 하는 거……."

청개구리 한 마리 죽은 걸 가지고 이렇게까지 마음 아파하다니. 나는 여전히 그녀를 이해하지 못한 채 그녀에게 그저 내가

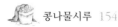

모르는 어떤 사연이 있을 거라고만 어렴풋이 짐작 할 뿐이었다.

그녀를 사무실에 남겨두고 오피스텔을 나왔다. 주차장을 지나 아파트 상가 쪽에 있는 약국으로 가서 약사가 조제해 준 약 한 봉지를 사 들고 다시 사무실로 돌아왔을 때 그녀는 소파에 기댄 채 잠이 들어 있었다. 나는 약 봉지를 책상에 놓고 잠든 그녀에게 다가갔다.

"저기요."

좀 더 소리를 높여 깨울까 하다가 그만 두고 소파에 앉아 그냥 TV에 시선을 꽂은 채 한참을 있었다. 9시 뉴스가 시작될 때까지 그녀는 잠에서 깨어나질 못하고 오히려 더 깊은 잠에 빠져들었다. 소파에서 일어나 잠든 그녀에게 다가갔다. 따가운 여름 햇살 때문인지 술 때문인지 그녀의 볼이 빨갛게 달아올라 있었다.

나는 정확한 이유는 모르겠지만 어쩐지 그녀가 가여워졌다. 무언가 사연이 있을 것 같긴 한데……. 한 손을 그녀의 얼굴로 가져가 엄지손가락으로 가만히 쓰다듬었다. 나의 손길을 느낀 그녀의 미간이 살짝 일그러졌다. 누구나 무시해 버릴 수 있는 사소한 일들에 상처를 받는 여자. 그러면서 한 구석에는 흐트러짐이 있는 여자…….

나는 양팔을 벌려 그녀를 들어 올렸다. 품에 안긴 그녀는 여전히 깊은 잠에 빠져 있었다. 그녀를 내 침대 위에 눕히고 수납장에서 베개를 꺼내 머리를 받쳐 주었다. 잠든 그녀를 오랫동안 지켜보다가 손으로 그녀의 이마를 쓸어 내렸다. 나의 손에 의해 드러난 그녀의 이마에는 잔 머리카락이 뽀송뽀송하게 피어 있었다. 순간적으로 최면에 걸린 것이었는지 아니면 어릴 적 동화에서 읽었던 잠자는 공주를 생각했던 것인지 나는 어처구니없게도 고개를 숙여 나의 입술을 그녀의 입술에 살짝 포개고 말았다.

그녀의 젖은 입술이 느껴지는 순간 나의 심장은 100m 단거리를 전력질주라도 한 것처럼 뛰기 시작했다. 정신이 아찔해지면서 머리가 텅 비어 버렸다. 그녀에게까지 들릴 것 같은 심장소리에 놀라 움칫 고개를 들었다. 그녀는 9시 뉴스가 끝나고서야 슬그머니 눈을 떴다. 머리가 아픈지 이마를 찡그렸지만 그리 밉지 않았다. 침대에 누워있다는 사실과 내가 침대 곁에 우두커니 앉아 자고 있는 자신을 바라보고 있었다는 사실을 알고서도 그렇게 놀라거나 당황하지는 않았다. 머리에 손을 얹고 그저 '미안해요'라고 했을 뿐이었다.

냉장고에서 냉수와 약을 가져다주었다. 그녀는 냉수만을 마시고 자리에서 일어섰다. 집까지 바래다주겠다고 했지만 뿌리치고는 내게로 찾아들 때처럼 현관문을 열고 혼령처럼 사라졌다.

다음 날 우체국을 가기 위해 오피스텔을 나와 엘리베이터를 탔다. 엘리베이터가 13층에서 12층으로 바뀌자 땡, 하는 소리와 함께 엘리베이터 문이 열렸다. 엘리베이터를 타려는 두 명의 남자와 한 여자, 여자는 그녀였다. 나를 본 그녀는 고개를 까딱이더니 피식, 웃었다. 그녀의 웃음은 무엇이 갑자기 즐거워졌는지 소리 없이 이어졌다. 그녀의 웃음이 지닌 의미 속에는 지난 밤

내가 그녀에게 행했던 키스가 떠올랐다. 그러자 그녀가 알고 있
는 것과는 상관없이 얼굴이 후끈 달아올랐다.

"어디 가세요?"

엘리베이터에서 내려 현관을 나오며 그녀가 물었다. 여전히
참을 수 없다는 듯 연신 웃음을 삼키지 못하고 있었다.

"우체국 가는데…… 그쪽은 어디 가세요?"

"저는…… 은행…… 요."

우체국과 은행은 같은 방향이었다.

여름의 태양이 따갑게 쏟아져 보도블럭을 달구었고 길게 늘어선 수양버들 가로수에선 매미 소리들이 요란하게 울어댔다. 여전히 그녀는 웃음을 멈추지 않았고 나는 그 웃음이 지닌 의미를 추적하느라 웃고 있는 그녀를 연신 힐끗거렸다. 어쨌든 웃는 그녀의 모습은 텅 비어 있던 눈과 허전한 걸음보다는 보기 좋았다.

곧 우체국에 다달아 나는 우체국 안으로, 그녀는 은행으로 향했다. 서둘러 일을 마치고 우체국을 나온 나는 오피스텔로 향하지 못하고 망설이고 있었다. 이대로 그냥 혼자 돌아가야 하나, 아니면 그녀가 간 은행으로 가 볼까? 혹시 싱거운 놈으로 보지는 않을까, 하는 잠깐의 망설임이 있었지만 이미 나의 걸음은 그녀가 간 은행 쪽을 향해 서 있었다. 은행에서 일을 마치고 나오던 그녀는 나를 보고 그럴 줄 알았다는 듯 또 웃음을 참지 못했다.

"은행에도 볼일이 있어요?"

"아뇨. 그냥 ……. 이왕 나온 김에 같이 들어갈까 해서요."

그 날 따라 유난히 밝아 보이는 그녀의 모습이 의아했지만 나는 그녀의 얼굴에 앞으로도 밝은 웃음이 지속되기를 바랬다.

그 후로 그녀와의 만남은 잦아졌다. 퇴근 후 오피스텔 근처에 있는 카페에서 생맥주를 마셨고, 영화를 보고 그녀가 자취하고 있는 아파트 앞 공원을 산책했다. 그런 와중에도 문득 그녀의 눈은 나의 바람과는 상관없이 텅 비어 버리곤 했다. 그럴 때면 나도 덩달아 쓸쓸해지곤 했다.

여름이 거의 끝나가고 있었고 더위도 한풀 꺾여 저녁이면 바람이 시원했다. 그러나 그녀에 대한 열병으로 나는 점점 더 뜨거워지고 있었고 나의 여름은 아직 내 곁에 머물러 있었다. 하지만 그런 나의 마음과는 달리 그녀는 일정한 거리를 유지했다. 내가 아무리 다가가도 그녀가 만들어 놓은 거리는 좁혀지지 않았다. 항상 곁에 있으면서도 허전함을 느껴야 했고 그녀를 보고 있으면서도 마음은 항상 그녀를 갈망해야 했다.

이제 그녀에 대한 갈증도 한계에 다달았다. 그녀와 금방 헤어지고 돌아와도 그녀에 대한 생각으로 더 이상 참지 못하고 그녀에게 달려갔다. 그리고 그녀가 자취를 하고 있는 아파트의 문을 두드렸다. 그녀가 문을 열자 나는 떨리는 목소리로 말했다.

"난 널 사랑하고 있어……. 널 너무 사랑해."

그리고 간절하고 애처롭기까지 한 눈빛으로 그녀를 바라보며 한 번 더 말했다.

"널 사랑해."

그러나 그녀는 나의 기대와는 달리 그저 냉랭한 눈빛으로 나를 바라보았다. 그러더니 방으로 들어가 얇은 외투를 걸치고 나와서는 아파트 계단을 걸어 내려가기 시작했다. 아파트 공원 벤치에 앉자 그녀는 침착하게 말했다.

"사랑? 그래…… 나도 어쩜 사랑하고 있는지도 모르지. 하지만 그건 다 하찮은 감정일 뿐이야. 난 그런 감정 따위에 연연하고 싶지 않아."

그녀의 말은 내 심장을 난도질하고 있었다. 그녀가 하고자 하는 말이 무엇인지 알 것 같았다. 그 날 이후 그녀와 나는 어색한 관계를 유지한 채 여름의 마지막 더위를 보냈다.

나의 곁에 남아 있던 여름도 한풀 꺾여지고 있었다. 그렇게 가을이 왔다. 가을 내내 나는 그녀를 만나 볼 수가 없었다. 그녀도 나를 찾지 않았고 나 역시 그녀를 찾을 수 없었다.

어느 날 우연히 그녀가 근무하던 사무실에 사표를 냈다는 사실을 알았다. 그때서야 나는 그녀를 찾지 않은 것을 후회하면서 혹시나 하는 마음에 그녀가 자취를 했던 아파트로 찾아갔지만 거기에도 그녀는 없었다. 그녀가 떠나버린 아파트를 내려와 그녀가 나를 단호하게 거절했던 벤치에 앉았다.

뜨거웠던 여름이 언제 그랬냐는 듯 꽤 서늘해진 저녁 바람이 불어왔다. 아마 그녀는 자신이 원했던 삶을 찾아 떠났을 것이다.

그녀가 떠난 후 8년의 시간이 지나가는 동안 나는 일에만 매달렸다. 그러면서 혼자서 뛰어다니던 사무실에도 직원들이 하나 둘씩 늘어갔고 꽤 넓은 아파트도 마련했다. 그리고 선배의 소개로 만난 여자와 결혼도 했다.

아내는 무던한 여자다. 다소곳하며 가정적이고 절실한 가톨릭 신자이다. 아내의 권유로 나도 결혼하기 전 세례를 받았다. 얼마 전에는 사랑스러운 나의 아이도 태어났다.

최근에는 집으로 돌아가 나를 꼭 닮은 아이를 보는 것이 나의 가장 큰 즐거움이다. 성경 말씀대로 지금 내게 부족함은 없다. 아이와 아내가 나를 사랑하고 나도 그들을 사랑한다.

세월은 지났지만 가끔씩 그녀가 떠오르곤 했다. 편의점 앞에서, 오피스텔 11층 정원에서 보았던 그녀의 얼굴에 번진 우울한 미소, 그리고 나의 침대에 누워 잠들어 있던 그녀에게 처음으로 입맞춤을 했던 기억부터 그녀의 환하게 웃는 미소까지 그녀에 대한 기억들은 그렇게 나의 뇌리에 남아있었다. 그럴 때면 어디서 누구와 함께 있을지 몰라도 이제 그녀에게서 쓸쓸함은 사라지고 나처럼 그녀도 웃으며 살고 있기를 바랬다.

아내도 성당 일에 열심이었다. 레지오 활동을 하면서 일주일에 한 번 정도는 봉사 활동을 했고 또 일 년에 한두 번은 성지순례에도 참석했다. 조용한 편이었던 아내는 성지순례를 다녀 온 날이면 말이 많아지면서 순례에서 겪은 이야기들을 풀어놓곤 했다.

작년 가을이었다. 아내가 수녀원을 방문하고 온 후 며칠동안 거기서 만난 한 수녀님에 대한 이야기를 한 적이 있었다. 수녀님의 세례명은 사비나였고 아내는 말끝마다 사비나 수녀님의 얘기를 연발했다.

아내가 사비나 수녀님에 대해서 유난히 관심을 보인 데는 이유가 있었다. 사비나 수녀님은 너무나 아름다웠다고 했다. 아내는 지금까지 봉사활동을 다니고 성지순례를 다니면서 많은 수녀님들을 만났지만 사비나 수녀님만큼 아름다운 분을 보지는 못했다고 했다. 하지만 아내가 입을 다물지 못했던 것은 사비나 수녀님이 앞을 보지 못한다는 것이었다.

처음 수녀원으로 왔을 때부터 사비나 수녀님이 앞을 보지 못한 것은 아니었다고 했다. 사비나 수녀님은 수녀원 생활을 하면서 점점 시력을 잃어 갔다고 했다. 그러니까 수녀님은 곧 자신의 시야에서 사라질 세상을 피해 수녀원으로 온 것이었다. 그 이야기를 들었을 때 나는 아내가 특유의 상상력을 동원해 사실에 과장을 덧붙였을 것이라고 생각했다.

아내는 요즘 부쩍 들떠 있었다. 그것은 곧 있을 부활절 합동 미사 때 사비나 수녀님도 참석을 하게 될 것이라는 소식을 들었기 때문이었다. 아내는 사비나 수녀님이 갖고 있는 아름다움과 사연에 매료된 듯했다.

올림픽 공원에서 열린 합동 미사에는 삼 만여 명의 신도들이 참석했다. 나도 아내와 갓 백일이 지난 아이를 데리고 합동 미사에 참석했다. 미사가 끝나자 아내는 아이를 나에게 전적으로 맡기고는 사비나 수녀님을 찾아 나섰다.

나는 공원 한쪽에서 아내를 기다리고 있었다. 그냥 혼자서 먼저 갈까도 생각했지만 괜스레 나도 사비나 수녀님에 대해 궁금해져 있었다. 미사에 참석했던 사람들의 대부분이 돌아가고 공원에는 남은 신도들과 신부님과 수녀님들이 뒷정리를 하고 있었다. 그때 멀리서 아내가 내게로 다가오고 있었다. 아내와 함께 부축을 받으며 오고 있는 수녀님이 아내가 말했던 사비나 수녀님이라는 것을 나도 쉽게 알 수 있었다.

아내와 가까워지는 순간 나는 그 자리에 얼어붙어 한 발짝도 움직일 수가 없었다. 아내의 부축을 받고 있는 사비나 수녀님의 모습이 눈에 익었기 때문이었다.

나는 설마 하는 마음으로 사비나 수녀님에게서 눈을 떼지 못했다. 사비나 수녀님과 나와의 거리가 조금씩 좁혀지고 있었다. 나는 떨리는 가슴을 진정시켜 보려 했다.

수녀님이 아내와 함께 내 앞으로 다가왔다. 검은색 수녀복을 입고 있는 수녀님의 모습에서 편의점 앞에서 허한 공간으로 시선을 던지고 있던 추억 속의 그녀의 모습이 겹쳐졌다. 그녀였다.

말없이 내 곁을 떠난 그녀…….

나는 그제야 어렴풋이 짐작할 수 있었다. 그녀를 둘러싸고 있었던 그 쓸쓸함의 원인을. 그녀가 왜 나의 사랑을 그렇게 매몰찬 말로 거절할 수밖에 없었는지……. 그리고 왜 아무런 말도 없이 떠날 수밖에 없었는지도.

아내와 함께 다가서는 그녀와 나와의 거리가 조금씩 줄어들었다. 그럴 리가 없겠지만 그녀가 나를 알아볼지도 모를 만큼 가까워졌을 때 나는 그녀를 볼 자신이 없어져 고개가 바닥으로 떨어졌다. 그리고 나는 서둘러 돌아서고 있었다.

봄구총각

널 꼭 데리고 바다 보러 간다고 약속했는데……

어쩌지. 약속을 못 지킬 것 같아서.

'널 꼭 데리고 바다 보러 간다고 약속했는데⋯⋯
어쩌지, 약속을 못 지킬 것 같아서'

몸에서 기운이 빠져나갔다. 내 몸이 왜 이러지? 이러면 안 되는데. 봉구는 정신을 놓지 않으려고 안간힘을 써 보았다. 하지만 주위의 것들이 점점 희미해지면서 자꾸만 잠이 쏟아져 내렸다.

구급차가 어린이대공원 사거리를 돌았다. 4월의 봄볕이 화창했다. 하늘에는 구름 한 점 없었다. 횡단보도의 신호등이 파란불에서 빨간불로 바뀌자 앞서 가던 차량들이 정지선 앞에 멈추어 섰다. 그리고 횡단보도로 사람들이 건너기 시작했다. 구급차 역시 더 이상 주행하지 못하고 멈춰선 차량들 뒤에서 그저 요란하게 사이렌만 울렸다. 사이렌 소리가 멀어졌다 가까워지기를 반복했다. '희지가 기다리고 있을 텐데…… 어쩌지…….'

봉구는 흐트러지는 정신을 수습해 희지의 얼굴을 떠올려 보려 했다. 다시 차가 움직이자 정신이 혼미해지면서 떠올려지는 것도 보여지는 것도 모두 사라져 버렸다.

봉구는 구급용 이동침대 위에서 간간이 숨을 헐떡거렸다. 사이렌 소리가 멈춰지면서 구급차는 병원 안으로 진입했다. 응급실 입구에 구급차가 멈추었다. 구급 요원들이 빠르게 봉구를 응급실 안으로 옮겼다. 주위로 금세 사람들이 모여들었다. 그들 중 누군가 놀란 목소리로 소리를 질렀다.

"어머 교통사고인가 봐. 많이도 다쳤네."

그리고 누군가는 죽어 가는 봉구를 나무라기도 했다.

"하여튼 조심해서 좀 건너지. 저게 뭐야? 꼭 사고가 나야 후회하지. 후회해."

외과 인턴이 사람들을 헤치고 그에게 다가왔다. 그는 작은 손전등으로 봉구의 눈 안을 들여다보고 찢어진 봉구의 양복 와이셔츠를 양쪽으로 젖힌 뒤 청진기를 가져다 대었다.

"묻는 말에 대답할 수 있겠어요? 여기가 어딘지 알겠어요? 정신을 한 번 차려보세요. 내가 누구인지 알 수 있어요?"

의사는 정신을 차리지 못하는 봉구에게 여러 번의 질문을 했다. 환자의 정신이 어디까지인지 알아야 정확한 사고 경위와 상처의 정도를 알 수 있기 때문이었다. 대부분의 교통사고 환자의 난점은 어디부터 치료를 시작해야 하는지가 항상 문제였다. 하지만 봉구는 아무런 반응을 할 수가 없었다. 몸은 이미 통제를 떠나 말을 듣지 않았다. 봉구는 한번 헉, 하고 마른 숨을 내뱉긴 했지만 숨결은 곧 다시 낮아졌다.

저마다 내뱉는 사람들의 말소리와 정신을 차려 보라고 소리치는 인턴의 목소리와 그리고 어디선가 들려오는 또 다른 비명소리가 들려왔다. 마치 잠결에 들려오는 바깥의 잡음처럼 주위로 몰려들었던 모든 소리들이 차츰 멀어져 갔다.

희미해지려는 기억 속에서는 지난 기억들이 뿌연 흑백 영화의 장면들처럼 두서없이 지나쳐 갔다. 그 중에는 하얀 웨딩드레스를 입고 있던 희지가 있었다. 하지만 사실 희지가 입고 있었던 것은 웨딩드레스가 아니라 하얀 원피스 였다.

― 우리 결혼하는 거 알아?

― 그럼. 이제 내가 봉구총각 색시 되는 거야?

- 응. 좋아?

- 좋아.

결혼식은 봉구가 사는 동네의 작은 교회에서 이루어졌었다. 하지만 하객이라고 할 사람들은 거의 없었다. 교회에서 결혼식을 할 수 있었던 것도 한 달 전 무작정 교회를 찾아가 목사님께 부탁해서 허락 받은 것이었다. 물론 앞으로 봉구와 희지가 열심히 교회를 다니겠다는 약속을 했기 때문에 가능했다.

봉구는 장사를 다니며 봐 두었던 웨딩드레스 가게를 찾아갔다. 윈도우에 전시되어 있는 웨딩드레스가 너무 예뻐 눈이 부셨다. 설레는 가슴을 억누르며 가게로 들어갔다. 주인으로 보이는 부인이 봉구에게 다가왔다. 봉구는 대뜸 윈도우에 전시되어 있는 웨딩드레스를 가리키며 물었다.

"저기 있는 건 얼마예요?"

"사시게요?"

"네."

주인의 얼굴이 밝아졌다.

"백 팔십 만원인데."

봉구는 그만 기가 죽어 가게를 후다닥 나왔다. 결혼하는 다른 사람들은 모두 부자구나 싶었다. 돈을 많이 벌어두지 못한 자신이 부끄러웠다. 그리고 희지에게 꼭 웨딩드레스를 사 주겠다고 약속했었는데 희지가 실망할 걸 생각하니 걸음이 떨어지지 않았다.

봉구는 다시 한 번 웨딩드레스 가게를 돌아보았다. 통장에 있는 돈까지 탈탈 털면 살 수도 있겠지만 그렇게까지 한다는 건 자신이 생각하기에도 좀 무리인 듯 싶었다. 어쩔 수 없이 그냥 걸음을 돌렸다.

봉구는 동네로 들어서려다 멈칫 발걸음을 멈추었다. 동네 입구 양품점에 걸려 있는 하얀 원피스가 봉구의 발걸음을 잡은 것이었다. 봉구는 망설일 필요 없이 양품점 안으로 들어갔다.

"저기에 있는 거 얼마예요?"

주인으로 보이는 젊고 예쁜 아가씨가 윈도우 앞에 걸린 하얀 원피스를 힐끗 바라보고는 그것을 꺼내와 봉구에게 보여주었다.

"선물하실 건가 보죠?"

봉구가 좀 망설이다가 대답했다.

"네."

"5만 원만 주세요."

"그거 포장해 줄 수 있어요?"

주인은 친절하게도 하얀색 무지 박스에 분홍색 리본까지 묶어주었다. 웨딩드레스가 아니어서 희지가 실망할지도 모를 일이었다. 희지에게 상자를 내밀 때 아무래도 좀 초라할 것 같아서 걱정이 되었는데 상자 위에 봉긋 올라와 있는 분홍색 리본을 보니 기분이 좋아졌다.

봉구의 걱정과는 달리 상자를 열어본 희지는 마냥 좋아했다.

– 더 좋은 거 사려고 했는데……. 우리 돈 많이 모아야 잘 살잖아. 돈 많이 모으면 그 때는 더 예쁜 거 사줄게.

– 아냐…… 난 이것도 너무 예뻐. 꼭 바비 인형 같잖아.

– 바비 인형이 뭐야?

– 봉구총각은 바비 인형도 몰라? 바보 같애.

– 내가 왜 바보야? 바보는 너지.

– 어? 봉구총각도 나보고 바보라고 그러네.

– 니가 오빠보고 자꾸 봉구총각, 봉구총각, 그러니까 나도 그러지.

– 식당 아줌마들도 모두 그렇게 부른다고 그랬잖아.

– 니가 아줌마야?

– 그럼?

– 내 색시지…….

희지가 배시시 웃었다.

교회에서의 결혼식은 조촐했다. 예배를 마친 몇 무리의 사람들이 봉구와 희지의 결혼을 축하해 주기 위해 남아 있었다.

봉구의 손을 잡고 들어서는 희지는 떨리는지 자꾸만 봉구에게로 바짝 다가와 팔을 잡고 매달렸다. 봉구가 주위의 눈치를 살피며 희지를 떼어내면 희지는 또 떨어지지 않고 봉구에게 바짝 다가섰다. 다시 희지를 떼어 냈지만 사실 봉구 역시 다리가 후들거리긴 마찬가지였다.

동네 세탁소에서 빌린 양복도 몸에 맞지 않아 자꾸만 휘휘 감겼다. 우왕좌왕하는 봉구와 희지의 결혼식은 마치 연극을 보는 듯했다. 그때마다 교회에 남아 결혼식을 지켜보던 사람들이 참지 못하고 웃음을 터뜨렸다. 사람들의 속닥거림과 키득대는 웃음소리는 목사님의 주례사가 이어질 때까지도 그치질 않았다.

하지만 봉구 총각은 잡고 있던 희지의 손을 잠시 놓고 그녀를 향해 몸을 반쯤 돌렸다. 그리고 목사님이 하는 말을 희지에게 알려주기 위해 봉구의 손이 움직이자 교회 안을 떠돌고 있던 웃음소리와 속닥거림은 순식간에 잠잠해졌다. 그리고는 앞자리에 앉아 있던 누군가가 나지막이 말했다.

"어머…… 뭐야?"

"수화로 말하네. 그럼 여자가 벙어리였어?"

그리고 여기저기서 감탄이 터져 나왔다.

봉구는 삐질삐질 흘러내리는 땀을 연신 닦으며 정신을 바짝 차리고는 계속해서 희지에게 목사님의 말을 전달했다. 그런데 갑자기 봉구를 바라보던 희지의 눈에 눈물이 맺혀 들었다.

  - 바보같이 여기서 울면 어떻게 해?

  - 눈물이 나오는 걸.

  - 왜 눈물이 나오는데?

  - 몰라. 그냥 자꾸 눈물이 나와.

  그러더니 희지가 그만 소리까지 내며 울음을 터뜨렸다.

봉구가 당황해 어쩔 줄 몰라하는데 조금 전까지만 해도 감격해하던 사람들은 또 웃음을 쏟아냈다. 목사님이 주례를 멈추고는 봉구를 향해 희지를 달래 보라는 손짓을 했다. 봉구는 끼고 있던 장갑을 벗어 희지 눈에 맺힌 눈물을 닦아냈다. 희지가 진정되자 목사님의 주례는 계속됐다.

"여기 서 있는 아리따운 신부는 세상의 언어를 듣지 못합니다. 물론 세상의 언어를 말하지도 못합니다. 하지만 두 사람에게는 두 사람만이 통하는 언어가 있을 거라고 믿어요. 그 언어는 아마 사랑이 아닐까 생각합니다."

목사님의 주례에 귀를 기울이며 희지를 바라보았다. 언제 울었냐는 듯 희지가 배시시 웃고 있었다.

웃던 희지의 배시시한 웃음이 선명해지다가 순식간에 흐려졌다. 응급실 침대 위에서 봉구가 다시 한 번 헉, 하고 마른 숨을 토해 냈다.

당직 의사가 달려오고 봉구는 곧장 수술실로 옮겨졌다. 하지만 이미 출혈이 너무 많았던 봉구의 몸에서는 스무 일곱 해 동안 그가 걸어왔던 기억들이 하나 둘 지워져 갔다. 그 기억들 중에서 느닷없이 아주 어렸을 때의 기억이 살아났다.

술주정뱅이인 아버지, 그런 아버지가 싫어 5살 난 그를 남겨

두고 집을 나가 버린 어머니, 그리고 좀처럼 벗어 날 수 없었던 가난의 시간들.

하지만 봉구에게는 자신의 처지를 비관할 만큼의 영리함이 없었다. 그저 자신은 그렇게 태어났고 그렇게 살아가야 하는 것 쯤으로 알았다. 그런데 누군가 아버지처럼 살지 않으려면 그저 공부를 열심히 하는 것 밖에 없다는 말을 해 주었다. 그래서 봉구는 묵묵히 학교만 열심히 다녔다.

봉구에게 성적이 밀린 부잣집 녀석이 있었다. 녀석은 시험에서 진 분풀이로 대뜸 봉구의 아버지를 물고 늘어졌다. 점심시간에 봉구가 도시락 뚜껑을 막 열었을 때였다.

"야, 니네 아버지 술주정뱅이지?"

봉구는 대꾸하지 않았다.

"니네 엄마는 집 나갔지?"

괜히 기가 죽은 봉구는 부잣집 녀석과 싸우고 싶지 않았다. 봉구가 숟가락을 들어 도시락에서 밥을 퍼 올리는데 그 때 녀석이 봉구의 도시락에 침을 뱉지만 않았어도 참을 수 있었다. 봉구가 일어나는 순간 녀석이 바닥으로 나뒹굴었다. 녀석의 입에서는 흥건히 핏물이 고여 나왔고 녀석의 앞니는 어디로 갔는지 뻥 뚫려 있었다.

다음 날 녀석의 엄마가 학교로 찾아왔다. 녀석의 엄마는 봉구를 보자 대뜸 따귀부터 때렸다. 그리고는 봉구의 앞니도 부러뜨려 놓아야 직성이 풀리겠다는 듯 주먹으로 봉구의 입아귀를 마구 쥐어박았다. 늦게 교무실에서 담임 선생님이 달려 왔지만 이제 막 교단에 선 여린 여선생님의 몸으로 아줌마의 억센 손길을 말리기에는 역부족이었던 것 같았다.

봉구가 집으로 돌아왔을 때 아버지는 또 술이 떡이 되어 대문간에 팔자로 드러누워 있었다. 맥이 탁 풀리면서 그러려니 했던 아버지의 행동에 화가 났다. 그러면서 봉구는 슬펐다. 그 날 이후 봉구는 학교에 나가지 않는 일이 잦아졌다.

10시간 동안이나 수술이 계속됐다. 갈비뼈가 부러지면서 폐를 관통해 있었다. 그가 병원으로 실려 오는 내내 호흡이 곤란했던 것도 부러진 갈비뼈로 인해 폐가 훼손되었기 때문인 듯 했다. 하지만 수술을 하는 내내 의사가 고개를 저었던 것은 그의 대퇴부가 파손되어 있었기 때문이었다.

수술은 다음 날 정오가 다 되어서 끝났다. 하지만 수술실을 나서는 어느 의사도 봉구가 다시 살아날 수 있다는 것에 희망을 갖지는 않았다. 봉구가 중환자 실로 옮겨지자 간호사가 다가와 덩그러니 침대 위에 힘없이 누워 있는 봉구 몸 여기저기에 ECG(심전도) 선을 갖다 붙였다. ECG의 스위치가 OFF에서 ON으로 바뀌었다. ECG 곡선이 묵음으로 선을 긋기 시작했다.

주위로 가는 파장을 일으키는 선의 움직임은 봉구의 숨결만큼이나 위태로워 보였다. 그래도 봉구는 어떻게든 정신을 차려 보려고 애썼다. 하지만 그것은 마치 가위에 눌려 꿈속을 헤매듯 몽롱했으며 헤어 나오려고 애쓸수록 더욱 깊은 낭떠러지로 추락하는 느낌이었다.

그럴 때면 봉구는 무조건 희지를 생각했다. '희지가 기다리고 있을 텐데……. 집으로 돌아오는 길도 모를 텐데…….' 그리고 배시시 웃던 희지의 웃음.

뒷걸음치던 희지가 봉구의 소형트럭에 부딪친 것은 좀 의외였다. '채소가 왔습니다'를 연신 외치고 있었지만 차의 속도는 희지의 걸음만큼이나 느릿느릿 움직이고 있었다.

식당이 많은 소방도로였다. 희지가 뒷걸음치며 나오고 있었고 갓 걸음을 배운 듯 보이는 아기가 졸래졸래 희지를 따라 걸어 나왔다. 뒷걸음치는 희지를 본 봉구가 가볍게 경음을 울렸다. 하지만 멈추겠지 했던 희지의 걸음은 차 바로 앞에 이르러서도 멈추지 않았다.

급히 브레이크를 밟는 순간 희지가 봉구의 트럭에 와서 부딪히고 말았다. 동시에 희지를 따라 나오는 아기가 울음을 터뜨렸고 봉구의 얼굴이 새파랗게 질렸다.

"니가 직접 장사를 나서보겠다고 하니까 차는 내 주겠는데 운전 조심해. 사고 한번 잘못하면 신세 망친다."

차를 내주면서 몇 번이나 반복했던 까치머리 삼촌의 말이 생각났다. 까치머리 삼촌은 봉구가 장사를 시작하기 전까지 가락동 시장에서 일했던 농산물 가게의 주인인데 물건을 떼러 오는 사람들 모두가 주인을 까치머리 삼촌이라고 불렀다. 식당의 아주머니들이 봉구를 봉구총각이라고 부르는 것과 마찬가지였다.

차에서 내린 봉구가 급히 희지에게 다가갔다. 희지는 바닥에서 주섬주섬 털고 일어나더니 새파랗게 질린 얼굴을 하고 다가오는 봉구를 보고는 아무렇지 않게 배시시 웃었다. 다행히 다친 곳은 없는 듯 보였다.

"괜찮아요?"

희지는 아무 말도 하지 않았다. 그냥 배시시 웃고는 돌아섰다. 돌아선 희지는 울고 있던 아이를 안고는 식당으로 들어갔다. 희지가 들어간 식당을 물끄러미 바라보고 있는데 까치머리 삼촌을 따라다니면서 운전을 배울 때 삼촌이 입이 닳도록 했던 말이 생각났다.

"사고가 나면 경찰서에 신고부터 해야 돼. 괜찮다고 해서 그냥 갔다가 나도 크게 곤욕을 치른 적이 있었거든."

아무래도 불안한 봉구는 파출소를 찾아갔다. 자초지정을 듣고는 경찰 두 명이 봉구와 함께 식당으로 가 희지를 찾았다. 하지만 희지는 한사코 괜찮다는 듯 손을 저을 뿐 아무런 말을 하지 않았다. 보다 못한 식당 아주머니가 나섰다.

"실은 얘가 말을 못해요."

같이 왔던 경찰이 희지를 바라보더니 말했다.

"말만 못하는 게 아닌 거 같은데…… . 못 되도 두 푼은 모자라 보이네."

경찰은 일단 당사자가 이상 없음을 확인하고는 돌아갔다. 희지는 여전히 배시시 웃기만 했다.

"얘가 왜 이렇게 자꾸 웃고 그럴까?"

아주머니가 희지에게서 봉구로 시선을 옮기며 말했다.

"총각이 맘에 드는가 본데 내가 중매 서랴?"

봉구는 말을 알아듣지도 못하는 희지를 놀리는 것이 보기 싫어 서둘러 식당을 나왔다. 그런데 희지의 배시시 웃던 웃음이 봉구를 따라왔다. 집으로 돌아와서도 봉구는 자꾸 희지의 배시시 웃는 웃음을 떠올렸다. 바보 같이 왜 그렇게 웃지, 생각했지만 생각하면 할수록 꾸밈없이 배시시 웃는 희지의 맑은 웃음이 예뻐보였다.

봉구는 길에서 파는 국화빵을 한 봉지 샀다. 식당 앞에 차를 세우고 안을 기웃거리는데 희지의 모습이 보이질 않았다. 보이기라도 하면 선뜻 들어가 볼텐데……

자꾸만 식당 안을 기웃거리면서도 왠일인지 가슴이 쿵덕거렸다. 발걸음이 쉽게 떨어지질 않았다. 안으로 들어가지도 돌아가지도 못한 채 국화빵이 식으면 어쩌나 하는 걱정만 하고 식당 앞을 서성거리는데 식당 안에서 나오던 아주머니가 봉구를 알아보았다.

"어제 그 총각이네. 왜? 희지 만나러 왔어요?"

"그런 건 아니고요. 그냥 몸이 괜찮나 싶어서요. 그런데 그 아가씨 이름이 희지예요?"

"불러 줄까?"

봉구가 고개를 끄덕였다.

아주머니가 희지를 봉구 앞에 데려다 놓고는 재미있다는 듯

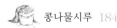

씩 웃더니 식당으로 들어갔다. 희지가 부끄러운지 몸을 비틀었다. 봉구가 들고 있던 국화빵 봉지를 희지에게 내밀었다. 희지가 봉지를 열어 보고는 손을 움직여 말했다.

−나 이거 되게 좋아하는데…….

봉구는 희지가 손으로 하는 말을 이해하지 못했다. 하지만 희지의 표정에서 어떤 말을 하는지 정도는 알 것 같았다.

다음 날 식당 앞을 지나는데 희지가 나와 있었다. 그리고 매일 희지는 봉구가 식당을 지나갈 시간이 되면 문 앞에 나와 쪼그리고 앉아 있다가 멀리서 봉구 차가 보이면 쪼르르 달려왔다. 햇볕이 잘 드는 곳에 앉아서 봉구는 하루에 한마디씩 희지와 대화하는 법을 배웠다.

− 밥은 먹었어요?

− 응. 너도 먹었어?

− 네. 이름이 뭐예요?

− 나? 봉구총각.

− 봉구총각? 무슨 이름이 그래요?

− 식당 아주머니들이 다 그렇게 불러.

− 그럼 나도 봉구총각이라고 해야지. 내 이름 알아요?

− 희지.

− 어떻게 알았어요?

− 지난 번에 식당 아주머니가 부르는 거 들었어.

− 희지는 봉구총각 색시 되고 싶어요.

– 색시 되는 게 뭔지 알아?

희지가 고개를 끄덕였다. 그리고 봉구는 희지에게 봄이 오면 희지를 꼭 봉구총각 색시로 만들어 주겠다고 약속했다.

까치머리 삼촌은 왜 하필이면 말도 못하고 거기다가 팔푼이인 여자와 결혼하려 하냐고 봉구를 말렸다. 하지만 봉구는 그냥 희지의 배시시 웃는 웃음이 좋았다. 그리고 왠지 희지를 지켜주고 싶다는 생각도 들었다.

그게 남들이 말하는 연민인지는 모르겠지만 어쨌든 희지와 함께 있는 시간은 마냥 즐거웠다. 봉구는 그것만으로도 충분하다고 생각했고 그것이 사랑이라고 믿었다.

담당 의사가 봉구에게 다가와 안쓰러운 시선을 던졌다. 그리고는 침대 옆에서 곧 멈춰버릴 듯 가늘게 파장을 일으키고 있는 ECG 곡선을 바라보았다. 간호사가 그의 곁으로 다가와 목소리를 낮추어서 말했다.

"얼마나 견딜 수 있을까요?"

"글쎄…… 저 상태로 병원까지 살아서 온 것만 해도 기적이니까. 오늘을 넘기긴 힘들겠죠."

의사가 돌아서다 말고 간호사에게 말했다.

"가족도 없는 것 같으니까 심전도 멈추면 곧장 영안실로 연락하세요."

담당 의사가 나가고 한 시간이 지나자 의사의 견해를 뒷받침이라도 하겠다는 듯 규칙적이고 정상적인 심장 박동을 나타내는 봉구의 ECG(심전도) 곡선이 V-tach(웨이브 파동)로 바뀌었다.

"심전도 곡선이 웨이브 파동으로 바뀌면 세 시간도 못 넘기지."

오랫동안 중환자실에서 간호를 해 온 듯이 보이는 한 보호자가 봉구의 옆을 지나치며 혼자 중얼거렸다. 그러나 봉구의 ECG 곡선이 V-tach로 바뀐 후에도 파동은 쉽게 멈추지 않았다. 중환자 치료실에 있던 사람들이 수군대기 시작했다.

"무슨 미련이 있어서 저렇게 못 떠나지."

"떠날 수 없는 사연이라도 있나 보지."

다음 날이 되어서도 ECG 곡선은 움직이는 굴곡이 약해지긴 했지만 여전히 파동을 긋고 있었다. 봉구의 기적적인 생명력을 둘러싸고 중환자 치료실 안의 여기저기에서 이런저런 이야기들이 나오기 시작했다. 그리고 그들의 관심은 하나같이 봉구가 얼마나 견딜 수 있을까 하는 것에 모아졌다.

완전히 의식이 사라져 가는 상태에서도 봉구는 식당에 남겨두고 온 희지가 마음에 걸렸다. 희지가 기다릴 텐데……. 내가 가지 않으면 집도 못 찾아 올 텐데……. 희지를 생각하는 잠재의식이 봉구를 버티게 했다.

결혼식이 끝나고 봉구는 희지를 교회 마당에 세워져 있던 트럭에 태웠다. 주위로 사람들이 몰려들어 잘 살라며 봉구와 희지의 결혼을 축하해 주었다. 희지는 연신 배시시 웃으며 사람들을 향해 고개를 숙였다. 봉구가 차의 시동을 걸었다.

– 이제 우리 집으로 가는 거야?

– 우리 집?

– 봉구총각 집이 이제는 희지 집이잖아.

– 아니, 잠깐 들를 곳이 있어.

봉구가 엑셀레이터에 올려져 있던 발에 힘을 주었다. 봉구와 희지가 타고 있는 트럭이 미끄러지듯 출발했다. 뒤쪽에서 아직도 사람들이 손을 흔들었다. 서먹하고 외로운 결혼식이 될 수도 있었는데 다행이었다. 배웅하는 이들이 있다는 것이.

봉구는 행복하다고 생각했다. 보조석에 앉은 하얀 원피스를 입은 희지의 얼굴에 번진 행복한 미소만큼이나 더.

까치머리 삼촌이 차를 내주긴 했지만 그건 까치머리 삼촌 가게의 물건만 취급한다는 조건이 붙어 있었다. 그리고 차를 빌려 쓰는 만큼 마진도 적었다. 막상 희지와 결혼한다고 생각하니까 좀 더 많은 돈을 벌어야겠다는 생각이 들었다. 그러기 위해서는 하루라도 빨리 봉구의 차를 장만해야 했다. 아침에 식당에서 연락이 왔을 때 배달을 거절하지 못했던 것도 그런 이유에서였다. 더구나 배달 오면 다른 식당을 소개시켜 주겠다고까지 했다.

식당에서 주문한 파 5단과 배추 12포기를 건네주고 소개받은 식당으로 가서 인사만 한 후 희지와 함께 가까운 인천으로 가 바다를 볼 생각이었다. 차가 식당 앞에 도착하자 결혼한 날까지 희지를 데리고 배달 가는 것이 괜히 미안해진 봉구가 희지를 바라보았다.

– 너 바다 본 적 있어?

– 아니.

– 그럼 우리 오늘 바다 보러 갈까?

– 정말?

– 응. 저것만 갖다 주고 가자.

희지가 배시시 웃었다.

– 바다는 굉장히 넓어서 큰 물고기도 많이 살지?

– 그럼. 거기 가서 고래도 한 마리 잡아오자.

– 우와~.

– 잠깐만 기다려.

차에서 내린 봉구는 서둘러 물건들을 내려놓았다. 그런데 봉

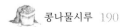

구가 내려놓은 파와 배추를 본 식당 주인이 인상을 찌푸렸다. 단골 식당으로 들어오는 물건은 대부분 봉구가 미리 다듬어서 갖다 주었는데 이번에는 그럴 시간이 없어서 그냥 가져온 것이 문제였다.

"이걸 어쩌나? 지금 바로 써야 되는데……. 따로 물건 다듬기에는 손도 모자라는데……."

"죄송합니다. 오늘 일이 좀 있어서요."

"일을 이렇게 하면 마음놓고 다른 식당 소개 시켜 주기가 곤란하지."

봉구는 하는 수 없이 바닥에 쪼그리고 앉아 내려놓은 파와 배추를 서둘러 다듬기 시작했다. 그러자 차에 타고 있던 희지가 옆으로 와서 거들었다.

– 그냥 차에 타고 있어. 옷에 묻으면 어쩌려고?

– 괜찮아. 빨면 돼. 그리고 나 이거 정말 잘 다듬을 수 있어. 볼래?

희지가 신나서 파를 다듬기 시작했다. 그런 희지를 보고 있자니 봉구의 마음이 편하지 않았다.

– 너 여기서 이거 다듬고 있을 수 있지?

– 그럼 봉구 총각은?

– 이제 봉구총각이라고 부르면 안 돼.

– 뭐라고 불러?

– 결혼했으니까……. 음~ 그래, 여보라고 해야지.

– 알았어. 그런데 여보는 어디 가?

– 응. 소개시켜 주는 식당에 가서 잠깐 인사만 하고 올 게. 그래야 빨리 바다 보러 가지.

– 꼭 올 거지?

– 왜, 안 올까 봐?

– 옛날에 엄마도 온다고 해 놓고 안 왔단 말야. 여보 안오면 나 또 여기 식당에서 일해야 되잖아.

– 나는 꼭 와.

– 그럼 약속해.

희지가 새끼 손가락을 펴서는 봉구에게 내밀었다.

– 난 그런 약속 안 해도 오니까 걱정 마.

희지가 불안한 눈으로 봉구를 바라보았다. 그래서 봉구도 새끼 손가락을 내밀어 주었다. 그러자 단단히 손가락을 걸면서 희지가 배시시 웃었다. 봉구는 그런 희지가 가여워 꼭 껴안았다. 그리고 서둘러 자리에서 일어났다. 식당에 들어가 주인에게 소개 받을 식당의 약도를 받아 차에 오르는데 희지가 또 배시시 웃으며 봉구를 보고는 손을 흔들었다.

소개시켜 준 식당은 운전을 해서도 30분은 더 가야 하는 곳이었다. 가서 인사를 하고 오면 아마 희지도 일을 끝낼 수 있을 것 같았다. 봉구는 서둘러 차의 시동을 걸고 엑셀레이터를 밟았다. 식당이 있는 위치는 봉구도 잘 아는 곳이었다.

근처에 도착한 봉구는 일단 차를 한편에 세우고 주위를 둘러

보았다. 그런데 종이에 적혀 있는 위치에 청주식당이라는 간판은 눈에 띄지 않았다.

봉구가 걸음을 옮겨 건물들의 벽에 빼곡히 박혀 있는 간판들을 훑어내려 갔다. 빨리 찾아야 한다는 마음이 앞서 멀리 있는 간판까지 보려다 보니 보도 위를 걷던 봉구의 걸음이 의식하지 못한 사이에 차도로 삐죽삐죽 걸어 나오고 있었다. 그때 차도로 내려서는 봉구를 미처 보지 못한 승용차가 뒤에서 봉구를 치고 지나갔다. 봉구의 몸이 바닥에서 공중으로 튀어 올랐다. 순간적으로 봉구는 무엇인가 크게 잘못 되었음을 느꼈다. 동시에 몸에서는 싸늘한 소름이 돋아났다. 하지만 이미 봉구의 몸은 공중에 떠 있었다.

'어떻게 하지? 희지가 많이 기다릴 텐데……. 내가 안 가면 집도 못 찾아 올 텐데…….' 어느새 눈에 눈물이 핑 돌고 지나갔다.

공중으로 떠올랐던 봉구의 몸이 바닥으로 떨어졌다. 정확하게 머리의 대퇴부가 보도의 모서리와 부딪히면서 순식간에 보도가 붉게 물들었다. 그리고 생각들이 가물거리면서 멀어져갔다.

봉구의 몸을 휘감고 있는 ECG 선에서 전달되는 파동이 V-tach로 바뀌고도 이틀이 지났다. 하지만 위태롭게 파동을 그리고 있는 곡선의 움직임은 쉽게 멈추지 않았다. 사람들은 이제 놀라움을 넘어 감격의 눈길로 봉구를 바라보기 시작했다. 그리고 그들의 관심도 봉구가 얼마나 견딜 수 있을까에서 봉구가 떠나지 못하는 사연이 대체 무엇일까로 옮겨져 있었다.

'희지가 많이 기다리겠지……. 바보같이 또 울었을 거야. 진짜 집을 찾아오지 못하고 아직까지 식당에서 기다리고 있는 건 아니겠지…….' 봉구는 이제 더 이상 견딜 기운이 없었다. 그래서 희지를 걱정하는 것도 마지막일 것 같았다. '희지가 올 때까지 견뎌야 하는데…… 견뎌야 하는데…….' 무의식 속에서도 봉구는 그렇게 소리쳤다. 하지만 소용없었다.

모든 기운이 다 빠져 버린 몸에서는 봉구의 영혼도 조금씩 떠나기 시작했다. 봉구를 감고 있던 ECG 파동이 직선에 가까워졌다. 사람들이 봉구 주위로 몰려들었다. 더 이상 손을 쓸 방법이 없음을 안 담당 의사도 그저 멀리서 봉구의 마지막을 지켜볼 뿐이었다.

'희지야 미안해……. 널 꼭 데리고 바다 보러 간다고 약속했는데…… 어쩌지…… 약속을 못 지킬 것 같아서…….' 오랫동안 감겨져 있는 봉구의 눈에서 굵은 눈물이 주르르 흘러내렸다.

❋

희지는 음식이 나오자마자 빠릿빠릿하게 주문한 테이블로 갖다 날랐다. 손님이 일어서기 무섭게 빈 그릇들을 치우고 테이블도 깨끗이 닦았다. 설거지도 아주 열심히 했다. 그러면서도 혹시 식당주인이 희지를 쫓아버리면 어쩌나 내내 걱정이었다. 봉구총 각은 벌써 이틀이 지났는데도 오지 않았다. 그래서 희지는 틈만 나면 식당주인에게 다가가 손을 열심히 움직여 보았다.

– 아줌마…… 아줌마……. 봉구총각 꼭 오는 거죠? 와서 희지 데리고 바다 가는 거죠?

하지만 식당주인이 희지의 손짓을 알아들을 리 없었다. 그저 고개만 끄덕여 보였다. 희지는 그것을 봉구가 식당 주인에게 늦 는다고 이야기한 것으로 받아들였다. 그래서 식당에서 일하는 틈틈이 밖을 내다보았다. 하지만 봉구의 트럭은 보이지 않았다.

밤이 깊어 식당 문을 닫을 때 희지는 밖으로 나와 봉구 차가 서 있던 곳에 쪼그리고 앉았다. 그리고는 봉구가 사라진 쪽에서 눈을 떼지 않았다. 식당주인이 와서 희지의 어깨를 토닥거렸다.

"내일은 꼭 오겠지. 문을 닫아야 하니까 안으로 들어가 있어 라."

식당주인도 희지가 바라보고 있는 곳으로 눈길을 던지며 긴 한숨을 내뱉었다. 그리고 혼잣말로 중얼거렸다.

"아무리 사람이 좀 모자라기로서니 이런데 팽개쳐 버리고 소 식도 없다니……. 그렇게 안 봤는데 사람이 모질기도 하지."

식당주인이 희지를 일으켜 세웠다.

– 아줌마, 지금 문 닫아야 되죠? 그런데 조금만 더 있다가 들 어가면 안되요? 문 잠그면 희지는 밖으로 못 나오는데……. 혹

시 봉구총각이 왔다가 나 없는 줄 알고 그냥 가면 어떻게 해요?

식당주인은 쯧쯧, 하며 혀를 찼다. 그리고는 한번 더 희지의 어깨를 토닥인 후 희지의 손을 이끌었다. 식당 안으로 끌려 들어가면서도 미련을 못 버리겠는지 희지는 계속 밖을 돌아보았다.

'꼭 온다고 했는데…… 봉구총각은 약속 꼭 지킬 거라고 했는데……. 희지는 이제 봉구총각 색시 됐는데…… 색시 되면 절대 버리는 거 아니라고 그랬는데……'.

봄

배턴을 건네 받는 순간 아무 것도 보이지 않았고 아무 것도 들리지 않았다.

배턴을 건네 받는 순간 아무 것도
보이지 않았고 아무 것도 들리지 않았다.

늦은 잠에서 깬 용수는 간신히 몸을 일으켜 방문을 열었다. 뜰에는 따사로운 햇살이 내려 앉고 있었으며 담벼락 아래 심겨진 개나리 가지에는 막 꽃망울이 맺히려 하고 있었다.

화사한 봄 햇볕에 눈살을 찌푸리며 방문을 잡고 몸을 일으키는데 허리에서 시작된 통증이 등골을 타고 올라왔다. 순간 오른손으로 허리를 받치며 행동을 멈춘 용수의 이마에는 식은땀이 흘러내렸다. 아침에 눈을 뜨고 몸을 움직이기 시작할 때 통증은 가장 심했다. 전기톱으로 잘라 내는 듯한 고통이 허리를 감싸고 한 바퀴 돌 때는 모든 행동을 멈추고 그 자리에 서서 몸을 더 일으켜 세우지도 낮추지도 못하고 통증이 사라질 때까지 있어야 했다.

날이 갈수록 통증이 사라지는 시간이 더욱 길어지고 있었다. 그래서 빈 뜰을 둘러보는 용수의 마음이 무거웠다. 어머니는 오늘도 날품을 팔러 나가신 것 같았다. 봄이 오면서 그나마 품팔 곳이 많아졌다고 하루도 거르지 않고 날이 밝기 무섭게 집을 나가셨다. 근래에 어머니는 주로 하우스에서 오이 접을 붙이고 있다고 했다. 날품을 팔기에 어머니는 많이 늙으셨다.

편히 쉴 때도 되었는데 어머니를 편히 모시지 못하는 것이 용수는 늘 마음에 걸렸다. 하지만 어머니는 오히려 나이가 꽉 찬 용수가 장가도 못 들고 시골구석에서 전전긍긍하는 것을 못내 걱정하셨다.

통증이 사라지길 기다렸다가 간신히 뜰로 내려앉은 용수는 햇볕이 잘 드는 곳으로 가 앉았다. 눈살을 찌푸리며 하늘을 올려다보았다. 몇 무리의 뭉개 구름이 푸른 하늘을 가로질러 느릿느릿 움직이고 있었다.

용수가 어머니가 계신 고향으로 내려 온 것은 2년쯤 되었다. 그 전에는 도시에서 직장을 다녔다. 꽤 큰 목욕 용품 도매상이었는데 그 곳에서 용수는 물건을 관리하기도 하고 가끔은 대리점으로 배달을 나가기도 했다. 넥타이를 매고 책상에 앉아 하는 일은 아니었지만 월급도 그만하면 괜찮았고 돈을 모아 대리점을 낼 생각이었으므로 일에도 만족하고 있었다.

아침에 눈을 뜨고 몸을 일으키는데 갑자기 허리에 가는 통증이 왔다. 용수는 별 거 아닐거라 생각하고 무시해 버렸다. 며칠이 지났다. 세수를 하기 위해 허리를 굽히는데 사라졌던 통증이 다시 느껴졌다. 그러더니 갑자기 허리가 끊어질 듯 통증이 심해졌다. 허리를 부여잡고 방바닥에 앉은 용수는 벽에 등을 붙이고 한참을 움직이지 못하고 있었다.

'곧 통증이 사라지겠지. 어제 좀 무리해서 그럴 거야.' 하지만 꽤 오랫동안 벽에 등을 붙이고 있었지만 통증이 사라지기는 고사하고 더 심해졌다. 간신히 한 발짝 한 발짝 몸을 움직여 병원을 찾아갔다. 엑스레이 촬영대 위에서 몸을 이리저리 돌리며 촬영을 한 후 한 시간쯤 지나서 의사가 용수를 불렀다. 결과는 척추 디스크라고 했다.

힘에 부쳐 더 이상 도매상 일을 할 수 없게 되었다. 많은 힘을 들이지 않는 일거리를 찾아 돌아다녔지만 도시에서 그런 일자리가 있을 리 없었다. 하는 수 없이 용수는 어머니가 계신 고향으로 내려왔다.

고향으로 내려왔지만 시골에도 용수가 할 일은 없었다. 그래서 궁리 끝에 컴퓨터를 배워보기로 마음먹었다. 6개월 동안 책을 붙잡고 독학으로 홈페이지 만드는 방법을 배웠고 다시 3개월에 걸쳐 어설프지만 농산물 판매 사이트를 만들었다. 용수는 사이트에 동네에서 재배하는 오이와 같은 특산물을 팔았다. 하지만 아직 사이트가 알려지지 않아 큰 수익은 없었다.

다시 방으로 들어온 용수는 책상으로 가 컴퓨터를 켰다. 긴장된 마음으로 운영하고 있는 사이트로 들어가 주문 내역을 확인해 보았다. 그저 제품에 대한 간단한 문의만 올라와 있었다. 용수의 얼굴에 실망감이 스쳤다. 하지만 이제 시작인데, 생각하고 메일을 확인해 보았다. 도착한 메일 내역이 뜨면서 어두웠던 용수의 얼굴에 웃음이 번졌다.

며칠 전이었다. 우연히 동창회 사이트를 접속했고 초등학교 동창 명단에서 이준호라는 이름을 발견했다. 기적 같은 일이라고 생각했다. 동창회 사이트에서 첫사랑을 만났다는 이야기를 듣긴 했지만 그래도 믿어지지 않았다. 준호를 만나다니…….

하지만 어쩌면 동명이인일 수도 있었다. 준호는 5학년이 되면서 서울에서 전학 와 5학년이 끝나기 전에 다시 서울로 전학을 갔다. 그래서 졸업생 명단에 있을 리 없었다. 그래도 혹시나 싶어 용수는 즉시 준호에게 메일을 보냈다.

니가 그 준호 맞나? 시외 버스 정거장에서 약국 하던 집의 준호 맞나?

나 기억하나? 나 용수다. 혹시 그 준호가 맞으면 연락 한 번 해라.

그 날 저녁에 바로 답장이 왔다.

맞아. 나 그 때 그 준호야. 야~ 정말 반갑다. 안 그래도 혹시나 싶어 졸업한 학교로 등록 안하고 이 쪽으로 해 봤는데 니가 봤구나. 그래 지금 어디 살아? 난 서울에 살고 작은 사업하나 하고 있어. 이럴 게 아니라 너 연락 좀 해라. 한 번 만나야지. 000-0000. 꼭 전화 해.

용수는 몸만 성하다면 당장 자리에서 일어나 동네라도 한 바 퀴 돌고 싶었다. 준호를 만나다니…… 이건 기적이야. 하지만 곧 용수는 의기소침해졌다. 또박또박 적혀 있는 전화번호. 용수는 전화를 걸 자신이 없어졌다. 준호는 서울에서 사업을 하고 있는 데 시골에서 몸도 제대로 못 가누고 있는 자신이 초라하게 느껴 졌다. 그런 생각에 용수는 전화를 걸지 못하고 답장만 보냈다.

니 메일 받고 많이 기뻤다. 나도 잘 있다. 여기 용암이다. 기억나나? 여기 초등학교서 우리가 만났다 아이가. 시골 와서 어무이랑 오이 하우 스 하는데 나도 그런 대로 괜찮다. 전화하고 싶은데 낮에는 늘 하우스에 가 있어서 힘들지 싶다. 메일로라도 자주 연락할게. 잘 지내고 한 번 놀 러 와라.

거짓말 한 것이 마음에 걸렸지만 초등학교 단짝 친구한테 초라해 보이는 것도 싫었고 만나자마자 걱정거리로 부담 주고 싶지도 않았다.

모니터에서 브라우저를 닫고 용수는 뜰로 나와 부엌으로 갔다. 아직 개량되지 못해 시골에서 한두 개 있을까 하는 재래식 부엌이었다. 부엌으로 가 어머니가 일 나가기 전에 차려 놓은 밥상을 들췄다. 아침 일찍 나가기도 바빴을 텐데 노릇노릇 잘 구워진 고등어가 놓여 있었다. 괜히 눈물이 핑 돌았다. 밥상을 들고 방으로 가기가 힘들어 그냥 부뚜막에 걸터앉아 숟가락을 집어들었다.

준호를 처음 만났던 날이 떠올랐다. 5학년으로 올라오고 첫 수업 날이었다. 말끔하게 차려 입고 희끄무레하게 생긴 녀석 하나가 담임 선생님을 따라 들어왔다. 선생님은 칠판에 이준호라고 썼고 준호가 앞으로 나와 인사를 했다.

"서울에서 전학 온 이준호야. 반갑다. 앞으로 잘 지내자."

서울에서 전학 온 준호의 말투는 가마솥에서 막 퍼낸 쌀밥처럼 윤기가 자르르 흘렀다. 그런 준호를 바라보는 계집아이들은 호기심과 설레임으로 히죽히죽댔지만 몇몇 사내아이들은 아니꼽다는 듯 준호를 째려보았다.

점심 시간이었다. 용수를 비롯해 반에서 내노라 하는 사내아이들은 준호를 둘러쌓다. 둘러 싼 사내아이들을 준호는 아무렇지도 않다는 듯 한 번 힐끗 쳐다보더니 점심을 먹기 시작했다.

"야, 니 점심 묵고 운동장으로 나오그라."

용수가 목소리에 힘을 잔뜩 실어 말했다.

점심을 먹은 용수와 사내아이들 몇몇이 운동장에서 준호를 기다리고 있었다. 그런데 점심시간이 거의 끝나갈 때까지 준호는 나타나지 않았다. 용수 옆에 있던 작고 새까만 사내아이가 나섰다.

"이 새끼 겁 묵고 안 나오는 거 아이가? 우리가 그만 잡으러 가삐자."

"그라자."

용수가 앞장섰고 사내아이들은 용수를 뒤따랐다. 교실 앞에서
계집아이들에 파묻혀 있는 준호가 보였다. 용수가 다가갔다.

"야, 니 나오라 캤는데 와 안 나오노? 내 말이 말 같지 않나?"

용수가 준호의 어깨를 툭 밀었다. 준호 옆에 바짝 붙어 있던
달자가 나섰다.

"느그들이 몬데 오라가라 카노?"

용수가 달자를 밀치고 준호의 멱살을 잡자 덤덤한 눈빛으로
용수를 바라보던 준호가 용수의 손을 뿌리치고 뛰기 시작했다.

"저 놈 자바라."

용수가 뛰자 다른 사내아이들도 준호를 잡으러 뛰었다. 준호는 제법 빨랐다. 준호가 학교 담에 쌓아 둔 조개탄 포대를 타고 담으로 올라갔다. 아이들도 준호를 따라 담으로 올라갔다. 담으로 올라간 준호는 비틀거리지도 않고 달려갔다.

"야 니 거기 몬 서나? 이제 갈 데도 없데이."

담이 끝나는 곳에 이르자 용수가 소리쳤다. 준호가 따라오던 아이들을 돌아보더니 씩 웃고는 담에서 가뿐히 뛰어내렸다. 용수와 두 명의 사내아이들도 질 수 없다는 듯 뛰어내렸지만 다른 두 명의 사내아이는 뛸 엄두를 내지 못하고 그저 바닥만 쳐다보고 서 있었다.

담에서 뛰어 내린 준호는 이번에는 강당을 향해 달렸고 용수와 두 명의 사내아이가 준호를 따라 뛰었다. 강당 지붕으로 올라간 준호는 지붕을 타고 반대편으로 달렸다. 설마 이렇게 높은데 뛰어 내리진 않겠지? 용수는 걸음의 속도를 늦춰 준호에게 다가갔다. 다른 사내아이들도 이제 잡았다 싶은지 용수를 따라 걸음을 늦추었다.

뒤를 쫓던 사내아이들과의 거리가 가까워지자 뛰어 내리려는 듯 아래를 내려다보던 준호가 멈칫 몸을 떨었다. 사내 아이들의 얼굴에는 웃음이 번졌다.

"와? 거기서는 몬 뛰겠나?"

용수가 준호에게 바짝 다가갔다. 준호가 용수와 사내아이들을 몇 번 쳐다보더니 이를 악물고는 사내아이들이 보라는 듯이 강당에서 뛰어 내렸다. 설마 했던 용수와 사내아이들이 놀라 준호가 뛰어 내린 곳으로 다가가 아래를 내려다보았다. 준호가 바닥에 쓰러져 있었다.

순간, 아래를 내려다보는 사내 녀석들의 얼굴이 겁에 질려 새파랗게 변하는데 바닥에 쓰러졌던 준호가 일어나 손을 탈탈 털더니 교실을 향해 걸음을 옮겼다. 용수와 사내아이들은 뛰어내릴 엄두도 내지 못하고 그저 멀어지는 준호만 바라보았다.

점심 시간이 끝나고 교실로 들어온 용수가 준호에게 다가갔다. 준호를 쫓던 사내녀석들도 용수 뒤에 섰다. 용수가 준호를 향해 손을 내밀었다.

"반갑데이. 나 장용수다. 서울서 왔다 카길래 영 아인 줄 알았는데 니 대단하데이……. 이제 니가 우리 대장 아이가."

그 날 용수는 준호를 따라 준호 집으로 갔다. 얼마 전에 버스 정류장 옆에 새로 약국이 들어선 것을 보았는데 준호네 약국이었다. 준호를 따라 준호 방으로 갔다. 잠시 후 준호 어머니가 쟁반에 반듯하게 자른 케이크 두 조각을 내오셨다. 용수는 처음으로 제과점에서 파는 빵을 먹어 보았다.

방바닥에 배를 붙이고 숙제를 하고 있는데 덜컹 문이 열렸다. 곱게 차려 입은 원피스에 머리띠를 하고 뽀얀 얼굴에 보조개가 살짝 들어가는 여자아이였다. 지금까지 보아온 시골의 계집아이들과는 달라도 한참 달랐다. 여자아이를 보자 용수는 그만 머리가 먹먹해져 아무 생각도 할 수 없었다.

"오늘 사귄 친구야?"

여자아이가 용수를 쳐다보고 웃더니 접시에 구슬이 떼구르르 굴러가는 목소리로 말했다.

"응."

준호가 짧게 대답했다. 여자아이가 문을 닫자 용수가 멍 한 눈으로 준호를 바라보았다.

"누나야. 나랑 한 살 차이라서 누나라고 부르지도 않아. 우리 학교 6학년이야."

그 날 이후 용수는 아침에 학교를 갈 때면 학교와 반대방향인 준호 집으로 가서 준호를 기다렸다가 함께 학교를 갔다. 준호가 그럴 거 없이 자기가 학교 가는 길에 용수 집에 들르겠다고 했지만 용수는 양손을 휘저었다.

"아이다. 내가 갈기다."

준호는 절대적인 계집아이들의 지지와 용수를 비롯한 몇 명의 사내녀석의 지지로 반장이 되었고 용수와 준호는 늘 함께 숙제를 했고 학교 옆 동산에 아카시아 나무를 꺾어 본부를 만들고 거기로 들어가 사내아이들만의 은밀한 비밀을 털어놓곤 했다.

수업 시간이면 준호는 자진해서 책을 읽었고 용수는 봄볕을 이기지 못해 꾸벅꾸벅 졸았고 달자는 그런 용수를 뒤에서 연필로 꾹꾹 쑤셔댔다. 한번은 용수가 달자를 향해 '왜 자꾸 쑤시노' 하며 소리를 버럭 질렀다가 함께 복도에서 벌을 서기도 했다.

봄 소풍날이었다. 아카시아 향기가 시골 초등학교 교정을 뒤덮고 아이들은 가방 가득 사이다며 과자며 삶은 계란이며 김밥 등을 담고 줄을 서 있었다.

아이들은 선생님의 호루라기 소리에 맞춰 출발했다. 2시간을 넘게 걸어 소풍 장소에 도착했다. 담임 선생님은 큰 목소리로 학생들을 점검했다. 점검이 끝나자 함께 모여서 하는 대표적인 놀이인 수건돌리기가 시작되었다. 여자아이들은 재미있다는 듯 깔

깔댔지만 사내아이들이 기다리는 것은 점심 시간과 그 이후의 자유 시간이었다. 기다리던 점심 시간이 되자 담임 선생님이 아이들을 모아 놓고 다그쳤다.

"멀리 가면 안 되는 거 다 알구 있쟤? 글구 돈 갖고 있는 사람들은 다 반장한테 맡기거래이. 놀다가 잃어버리믄 안된다 아이가."

말을 끝낸 담임 선생님이 째진 눈을 치켜세워 용수를 보았다.

"용수 니는 또 말썽 피우지 말그라."

용수는 아무 대답도 못하고 고개를 숙였다.

준호는 담임 선생님의 지시대로 아이들에게 돈을 거두어 보관했다. 대부분 잔돈이었으므로 주머니가 무거워 걸을 때마다 출렁거렸다.

용수는 준호가 갖고 있는 돈의 반을 받아 자신의 주머니에 넣었다. 동전을 나누어 보관하자 훨씬 가벼워졌다. 점심을 먹고 나서 용수는 6학년이 놀고 있는 곳으로 가 보고 싶었다. 오늘 같은 날 준호의 누나는 여느 날 보다도 더 예쁘게 하고 왔을 게 틀림없었다. 멀리서라도 한 번 보고 싶었다.

"준호야, 우리 6학년들은 우째 노는지 한 번 가보자."

"똑 같지 뭐. 별거 있겠어?"

"아이다. 그래도 한 번 봐야 안 되겠나?"

영문도 모른 준호는 별 반대할 이유도 없었으므로 용수를 따라 6학년이 놀고 있는 곳으로 갔다. 그 곳에 도착한 용수는 아이들 틈에서 준호 누나를 찾았다.

"준호야."

용수가 찾기 전에 어디선가 준호를 부르는 목소리가 들려왔다. 역시 하얀 원피스에 반질거리는 구두를 신었고 머리에는 개나리 꽃잎이 달려 있는 머리띠를 하고 있었다. 준호 누나를 보자 용수의 머리가 또 멍해지면서 앞이 캄캄해졌다.

"쟤는 왜 또 아는 척 하는거야?"

준호는 누나가 부르는 것이 별로 반갑지 않은 듯 부루퉁하게 말했다. 준호가 다가오는 누나를 향해 걸음을 옮기자 용수도 따라 걸음을 옮겼다.

그 때 발에 뭔가 걸리면서 앞으로 고꾸라지고 말았다. 주머니에 넣고 있던 동전이 앞으로 쏟아졌다. 동전을 줍는 내내 얼굴이 화끈거려 용수는 고개를 들지 못했다.

다음 날도 서둘러 집에서 나온 용수는 준호 방에서 준호가 밥을 다 먹을 때까지 기다리고 있었다. 준호 누나가 밥을 먹으러 안방으로 들어가는 모습을 용수는 놓치지 않고 지켜보았다. 그래서 준호 방에서 기다리고 있는 용수의 기분은 더욱 좋아졌다.

"애, 용수는 무슨 돈이 그렇게 많아?"

저 쪽 방에서 준호 누나의 목소리가 들렸다. 자신의 이름을 부르는 말에 용수의 귀가 쫑긋해졌다.

"응…… 그거 아이들한테서 거둔 거야."

용수는 준호 누나가 자신의 이름을 불러줬다는 것 때문에 학교 오는 내내 기분이 좋았다. 괜히 히죽대는 용수를 보고 준호가 무슨 일이냐고 묻고 늘어졌지만 용수는 아무 말 없이 계속 히죽대기만 했다.

아침 조회 시간에 담임 선생님이 교실로 들어왔다.

"모두 일어나거라."

느닷없이 담임 선생님의 말에 아이들이 자리에서 일어났다.

"복도로 나가서 다 꿇어 앉거라."

갑작스런 담임 선생님의 호통에 교실 안에는 공포감이 감돌았다. 영문도 모르고 아이들은 우르르 몰려나가 복도에 무릎을 꿇고 앉았다. 밖으로 나온 담임 선생님이 용수에게 다가왔다.

"니, 일로 나온나."

용수가 얼떨떨한 표정으로 일어서 나갔다.

"엎드리거라."

용수가 두 팔로 바닥을 짚고 엎드리자 담임 선생님이 들고 있던 몽둥이로 사정없이 용수의 엉덩이를 내려쳤다. 놀란 용수가 바닥에 나뒹굴었다. 무슨 영문인지도 모르고 용수는 담임 선생님 앞에 무릎 꿇고 앉아 무작정 빌었다.

"잘못했어예. 잘못했어예. 용서해 주이소."

"니 잘못한 건 아네. 빨리 엎드리거라."

담임의 고함 소리에 용수가 엎드리자 담임 선생님은 다시 사정없이 몽둥이로 내려쳤다. 아이들은 겁에 질려 용수가 맞는 것을 지켜보며 혹시 그 불똥이 자신에게 튀진 않을까 잔뜩 겁먹은 얼굴로 움츠렸다. 용수를 혼자 교실로 불러들인 담임 선생님은 용수의 앞에 종이 한 장과 연필을 가져다 놓았다.

"니 다른 아 들한테 뺏은 거 다 적거라."

무슨 말인가 싶어 용수는 담임 선생님을 올려다보았다.

"그래도 못 알아듣겠나? 손 내밀거라."

앞으로 내민 손을 담임 선생님은 다섯 번이나 내려친 후 다시 말했다.

"하나도 빼지 말고 다 적어라. 빠진 게 있으믄 가만 안 놔둘기다."

담임 선생님은 변명할 여지도 주지 않고 용수를 내몰았다. 용

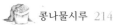

수는 뚝뚝 떨어지는 눈물을 삼키며 눈물로 어른거리는 종이 위에 적어내려 갔다. 친구가 먹다 준 사과 반쪽, 사탕 두 개, 집에 가는 길에 준호가 사준 오뎅 한 개, 볼펜에 끼워 쓰라고 준 몽땅 연필 등…… 친구로부터 받은 것은 모두 다 적었다. 용수가 적은 종이 쪽지를 보더니 담임 선생님이 소리를 쳤다.

"니 돈은 왜 안 적노?"

"돈 받은 적 업심더."

"정말이가? 니 준 아 들 나오면 가만 안 둔데이."

"예. 정말 없어예."

담임 선생님은 쪽지를 들고 밖으로 나가 종이에 적혀 있는 이름을 하나씩 불렀다. 자신의 이름이 불려진 아이들은 얼굴이 새파랗게 변해 부들부들 떨며 자리에서 일어섰다. 자리에서 일어선 아이들이 하나씩 교실로 불려져 들어왔다.

"니 이거 용수가 달라고 하더나 니가 준기가?"

"내가 기냥 줬는데예."

"정말이가?"

"예, 참말임니더."

"알았다. 나가바라. 다음."

불려진 아이들은 한결 같이 자기가 주고 싶어서 주었다고 했다. 그리고 달자가 불려 들어왔다. 교실로 불려 들어온 달자는 담임 선생님이 뭐라고 말하기도 전에 손바닥을 싹싹 비비며 빌었다.

"선상님, 전 아무 잘못 없심더. 용수가 달라고 해서 기냥 준거라예. 안 주면 집에 갈 때 마구 때린다 아입니꺼."

용수는 다시 앞으로 나가 엎드렸고 선생님의 몽둥이는 용수의 엉덩이를 향해 쓰러질 때까지 달려들었다.

그 날 집으로 돌아온 용수는 엉덩이가 얼얼해 쉽게 잠을 잘 수 없었지만 엄마에게는 아무 말도 하지 않았다. 드르릉 코를 골며 주무시고 있는 아버지 옆에서 훌쩍이는 용수를 보고 엄마가 '와 그라노? 무슨 일 있었나?' 했지만 용수는 엄마가 괜한 일에 신경 쓰는 것이 싫어 '아무 것도 아이다'라고만 해 두었다.

다음 날 교실은 다시 한 번 발칵 뒤집혔다. 첫 수업이 시작될 때 준호가 자리에서 일어섰다. 단단히 마음을 먹고 왔는지 말하는 준호의 목소리에는 비장함까지 감돌았다.

"선생님, 드릴 말씀이 있습니다."

"모꼬? 해 바라."

"어제 저희 어머니가 선생님께 전화 드렸다고 하던데요."

"그래서 그게 우쨌는데."

"소풍 날 용수가 갖고 있던 돈은 아이들에게 뺏은 돈이 아닌데요. 제가 보관하고 있던 돈을 무거워서 나누어 보관하고 있던 겁니다."

담임 선생님이 준호를 노려보았다.

"그래서 그게 우에 됐는데?"

"어제 선생님이 용수를 마구 때린 건 오해가 아닙니까?"

준호의 말투는 또박또박했지만 가늘게 떨리고 있었다.

"선생님께서 용수에게 사과해 주십시오."

"니 지금 모라노? 나보고 사과하라고?"

"공부는 잘 못하지만 용수는 절대 누구 물건을 뺏지는 않아요. 그러니까 사과해 주세요."

"니 지금 나보고 훈계하나? 이리 나온나."

준호는 당당하게 앞으로 나갔다. 담임 선생님은 준호의 뺨을 후려쳤다. 하지만 준호는 끄덕도 않고 담임 선생님을 노려보았다. 얼굴이 빨개진 담임 선생님은 더 이상 준호를 때리지 못하고 교실을 나가 버렸다.

봄 소풍을 다녀온 후 한 달쯤 지나 5학년에는 반이 하나 더 생겼다. 다른 학년에 비해 한 반에 학생 수가 너무 많아 어쩔 수 없이 반을 하나 더 만들게 되었다고 했다. 각 반에서 새로운 반으로 갈 아이들이 일곱 명씩 뽑혔다. 대체로 담임의 눈밖에 난 아이들이었다. 아이들 속에는 용수와 준호도 끼어 있었다.

새로운 반을 맞아 부임해 온 담임 선생님은 아주 젊고 예쁜 여선생님이었다. 선생님은 풀이 죽은 반 분위기를 보고 난감해 했다. 그리고 한 사람씩 상담을 했고 준호는 잘됐다는 듯 용수에 대한 이야기를 새로 온 담임 선생님에게 자세히 말했다.

다음 시간 담임 선생님은 이전의 담임 선생님을 찾아가 강하게 항의를 했다. 그 소리가 새로 만들어진 반까지 들렸을 정도였다. 준호는 자신들의 이야기를 존중해 주는 선생님의 마음에 감동을 받았다.

하지만 새로 온 담임 선생님을 만난 후에도 늘 말썽이 끊이지 않았고 공부도 학년에서 꼴찌 하는 반이었지만 반 아이들 얼굴에는 웃음이 번져갔다. 그러니 예전의 담임 선생님들은 새로 만들어진 반을 지독히도 싫어했으며 복도나 운동장에서 아이들을 만나면 그리 반가운 눈길을 주지 않았다.

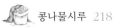

여름이 다가오면서 학교 한편에 봄부터 시작한 공사가 형태를 갖추기 시작했다. 공사 초기 단계에서부터 아이들은 도대체 무엇이 지어질지 궁금해 했었다. 위로 건물이 올라가는 것도 아니고 화단을 만들기에는 장소도 어정쩡했고 폭도 너무 넓었다. 선생님들은 마치 무슨 대단한 비밀인 양 공사에 대해서는 입을 다물었다.

6월 중순이 넘어가면서 아이들 입에서는 흥분된 이야기들이 떠돌기 시작했다. 누군가의 입에서 나왔는지 근거는 없었지만 어쨌든 공사가 진행되는 형태로 봐서 신빙성이 없지는 않았다.

아이들 사이에서 떠도는 말은 수영장이었다. 운동장 한편에 야외 수영장이 생긴다는 것이다. 학교를 지나치는 냇물을 끌어오기로 되어 있다는 말까지 나돌았다.

수업을 마친 아이들은 너나 할 것 없이 공사장으로 몰려들었고 모양새가 갖추어지면서 소문대로 수영장이 모습을 드러냈다. 마을을 나서면 냇물이 흐르고 있었고 강도 있었고 호수도 있어 물놀이가 그리 새삼스러울 것도 없었지만 아이들에게 수영장에서 하는 물놀이는 뭔가 달랐다.

공식적으로 수영장의 개장을 발표한 것은 며칠이 지난 아침 조회 시간이었다. 운동장에 나란히 줄을 서 있는 학생들을 향해 교장 선생님은 지금 공사하는 것이 수영장이라는 것과 7월의 시작과 함께 개장할 것이라고 발표했다. 운동장에 모여 있던 아이들이 술렁이기 시작했다. 교장 선생님은 술렁이는 학생들을 향해 덧붙였다.

"마…… 수영장의 개장을 기념하여 육상 경기 대회를 할까합니다. 각 학년 별로 우승한 반이 먼저 수영장을 이용하도록 하겠심다."

그 날 이후 각 반에서 대표선수로 선발된 4명의 아이들이 방과 후 운동장에서 달리기 연습을 하느라고 수업이 끝난 후에도 운동장은 시끌벅적했다.

용수 반에서는 용수와 준호, 태우, 대철이가 선수로 나왔다. 준호가 가장 빨랐고 그 다음에 용수였고 태우와 대철은 비슷했다. 기선을 제압하기 위해 가장 먼저 준호가 뛰기로 했다. 그 다음 태우와 대철이 이어 받고 마지막으로 용수가 1등으로 골인한다는 계획이었다.

달리기 시합이 일주일 앞으로 다가오면서 용수 반 선수들은 방과 후 가장 늦게까지 남아 연습을 했다. 공부가 늘 꼴찌였던 용수 반에서 유일하게 1등 할 수 있는 기회를 놓치고 싶지 않았고 다른 반보다 먼저 수영장에서 물놀이를 한다는 것은 대단한 자랑거리였으므로 반 아이들 역시 잔뜩 기대를 품은 눈으로 늦도록 연습하는 선수들을 지켜보았다.

육상 경기 날이었다. 오전 수업만 하고 점심을 먹은 후 아이들이 운동장에 모였다. 아이들의 목이 터질 듯한 응원속에서 6학년의 400m 계주가 먼저 시작되었다. 그동안 용수와 준호, 태우, 대철은 뒤편에 모여 배턴을 주고받는 연습을 했다. 6학년은 3반의 승리로 끝났다.

　다음은 5학년 차례였다. 떨리는 가슴을 진정시키며 각자의 위치로 갔다. 운동장을 둥글게 잡아 가운데 지점에 각 두 명의 선수가 대기했다. 출발 지점에 출발 선수와 세 번째 선수가 대기했고 맞은 편에 두 번째 선수와 마지막 선수가 대기했다. 따라서 준호가 출발점에 섰고 용수가 반대편에 가 있었다.

　막 출발에 앞서 준호가 용수를 향해 손을 번쩍 들어 보였다. 용수 역시 응답으로 손을 들어 보였다. 각 반의 출발 선수가 출발선에 서고, 화약 총 소리가 운동장을 가로지르자 선수들이 뛰어나갔다.

　준호는 멋지게 다른 아이들을 제치며 앞으로 질주해 나갔다. 볼 것도 없이 우승은 따논 당상이었다. 준호가 태우에게 배턴을 넘길 때 이미 10여m나 앞서고 있었다. 태우 역시 그렇게 빠르진 못해도 다른 아이들에게 따라잡힐 정도는 아니었기에 걱정할 것도 없었다. 배턴을 넘겨 받은 태우도 힘차게 달려나갔다. 대철에게 배턴을 넘겨주자 우승이 눈에 보이는 듯 반 아이들이 일제히 일어서 환호성을 질렀다. 그때 힘차게 흔들던 대철의 손에서 배턴이 튕겨져 나갔다. 당황한 대철은 튕겨져 나간 배턴을 찾아 두리번거렸다. 그러는 동안 다른 반의 선수들이 하나 둘씩 대철을 제치고 지나쳤다. 뒤늦게 배턴을 찾아 뛰었지만 이미 대철은 꼴찌에서 뛰고 있었다.

　환호성을 지르며 일어섰던 아이들이 이번에는 일제히 실망감을 감추지 못하고 한숨을 내뿜었다. 자신의 실수를 만회하려는 듯 대철이 죽으라고 뛰어 4등까지 따라 잡았다.

　마지막으로 용수가 배턴을 기다리고 있었다. 다른 반의 선수와 달리 용수는 달려오는 대철에게 최대한 가까이 갔다. 비록 뒤쳐진 위치에서였지만 앞서간 다른 반의 선수들과 비슷한 시점에서 대철의 배턴을 건네 받았다.

배턴을 건네 받는 순간 아무 것도 보이지 않았고 아무 것도 들리지 않았다. 그저 있는 힘을 다해 뛰었다. 선생님께 오해받아 몽둥이로 엉덩이를 맞을 때의 서러움과 다른 반으로 쫓겨 날 때의 서러움만이 머리 속에서 윙윙거렸다.

용수는 3등을 따라잡고 2등을 따라잡았다. 실망하던 반 아이들이 다시 일어나며 환호성을 지르기 시작했다. 그리고 그들의 입에서 일제히 터져 나온 장용수라는 이름이 운동장 가득 울려 퍼졌다. 골인 지점을 5m 남기고 용수가 1등을 따라 잡았다. 응원하던 반 아이들이 참지 못하고 운동장으로 뛰쳐나와 용수에게로 몰려갔다. 담임 선생님의 미움을 받아 쫓겨나듯 새로운 반에 모인 아이들은 그동안 눌러왔던 설움이 복받치는지 눈에는 한결같이 눈물이 글썽였다.

7월이 왔고 드디어 수영장이 개장됐다. 수영장을 개장하던 날 오후의 뜨거운 땡볕이 운동장을 달구었고 복도 창으로 다른 반 아이들이 부러운 눈으로 내다보는 가운데 용수네 반 아이들은 수영장에서 물놀이를 즐기고 있었다.

시골 초등학교 교정에도 가을이 왔고 다시 겨울이 왔다. 그리고 겨울이 가기 전에 아버지가 서울에서 크게 약국을 열 기회가 생겼다며 준호는 다시 서울로 전학을 갔다.

품 팔러 나가셨던 어머니는 해가 뉘엿뉘엿 서산으로 넘어갈 즈음 집으로 돌아오셨다. 저녁을 차려 용수와 마주앉아 먹던 어머니는 봄이 오니까 통 입맛이 나지 않는다며 숟가락을 들다 마셨다. 그러고 보니 어머니의 안색이 창백해 보였다.

"어무이요, 어디 안 좋으십니꺼?"

"아이다. 좀 피곤해서 안 그라나."

"안 좋으면 내일 병원이라도 한 번 가 보이소."

"내 걱정은 마라. 니가 병원에 가서 물리치료 좀 더 받아야 할 긴데. 마 걱정이다 아이가."

용수는 아무 말 없이 다시 저녁을 먹기 시작했고 어머니는 방 한쪽에 등을 눕히시더니 그대로 곤히 잠드셨다. 저녁상을 내놓고 어머니가 편히 주무실 수 있도록 베개를 받쳐 준 다음 컴퓨터를 켜고 준호로부터 메일이 왔는지 확인해 보았다. 기대 대로 준호의 메일이 와 있었다. 그런데 주말에 한 번 내려오겠다는 내용이었다. 준호의 메일을 읽은 용수는 반가운 마음에 앞서 가슴이 답답해졌다. 괜한 거짓말을 한 것이 후회되기 시작했다. 주말이라고 해 봐야 이틀 밖에 남지 않았는데…….

준호가 와서 지금 자신의 모습을 보면 마음이 어떨까? 수치심보다는 친구에게 짐이나 되지 않을까 걱정이었다. 그렇다고 오겠다는 친구를 오지 말라고 할 수도 없는 노릇이고. 용수는 밤 늦도록 쉽게 잠들지 못하고 뒤척였다.

준호가 직접 운전을 해 5시간이나 걸리는 길을 내려오고 있었

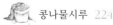

다. 용수는 아침부터 뜰로 나와 마음을 진정시키지 못하고 서성였다. 담장 아래 개나리 가지에는 노란 꽃망울이 막 터질 듯했다. 오후 늦게나 되어서야 용수집 앞에 92년 산으로 보이는 낡은 구형 소나타가 도착했다. 차에서 내린 준호는 20년 전의 모습이 그대로 남아 있었다. 여전히 잘 생겼고 똑똑해 보였다. 얼굴이 조금 까칠해 보이긴 했지만 도시에서 사업을 한다는 게 그렇게 호락호락하지 않다는 것을 용수 또한 잘 알고 있었기에 그러려니 했다.

차에서 내린 준호는 대문에 어정쩡하게 서 있는 용수에게 다가와 힘껏 껴안았다. 용수가 껴안을 때 허리에 통증이 왔지만 내색하지는 않았다.

"야, 이게 얼마 만이냐?"

"그래, 어서 온나. 반갑데이."

"어머니, 아버님은 잘 계시지? 인사 드려야지."

용수가 앞장서 대문으로 걸음을 옮겼다.

"아이다. 아부지는 3년 정도 중풍으로 고생하시다가 몇 해 전에 돌아가셨고 어무이는 일 나가셨다."

용수는 준호를 방으로 안내했다. 방으로 들어서며 두리번거리던 준호가 말했다.

"여긴 20년 전 그대로네."

"시골이라는 데가 그렇지 뭐. 내려온다고 힘 들었쟤?"

될 수 있는 한 아무렇지 않은 듯 걸음을 옮기려는데 허리로 또 통증이 지나갔다. 문턱을 건너려던 용수의 걸음이 멈칫하며 자신도 모르게 손이 허리로 갔다.

"왜 그래?"

"아니다."

"아니긴. 왜? 일하다가 다치기라도 했어?"

"괜찮아. 앉거라."

준호가 앉고 용수가 조심스럽게 마주앉았다.

"사실 나 허리가 좀 안 조타."

"왜?"

머뭇거리던 용수는 준호에게 사실을 털어놓았다.

"그랬었구나. 그럼 먹고사는 건 어떻게 해결하니?"

"어무이가 아직도 저 나이에 품팔이 안 하시나. 그러니 내 맘이 어디 편하겠나? 요즘엔 인터넷 배워서 여기서 나는 특산품을 좀 팔아 보려고 하는데 그것도 쉽지 않다 아이가."

용수의 말을 듣던 준호는 한동안 말이 없었다. 얼굴에 알 수 없는 그림자가 드리워졌다. 친구에게 괜한 걱정거리를 지워 준 것 같아 용수의 마음이 편하지 않았다. 밖에서 인기척이 들렸다. 어머니가 돌아오신 모양이었다.

"누가 왔나?"

어머니의 목소리에 준호가 문을 열고 나가 인사 했다.

"어머니, 저 알아보시겠어요? 용수 초등학교 친구 준호예요."

"아이고 이게 누꼬?"

준호를 알아본 어머니는 반가움을 이기지 못하고 덥석 준호의 손을 잡았다.

"그래, 우짠 일이고?"

"용수가 보고 싶어서 내려 왔습니다."

"아이고 고맙기도 해라. 밥 안 묵었재? 들어가 있그라. 내 저녁 맛있게 차려 줄기다."

오랜만에 손님이 찾아 온 것이 어머니는 무척 기쁜가 보았다. 서둘러 부엌으로 간 어머니는 냉동실에 아껴 두었던 돼지고기를 꺼내 듬뿍 썰어 넣고 얼큰하게 김치찌개를 끓여내셨다. 준호가 그릇 가득 올라 온 밥 한그릇을 뚝딱 해치우자 옆에서 지켜보시던 어머니도 기뻐하셨다.

오랜만에 용수의 집에서 웃음소리가 새어나왔다. 시골의 밤은 일찍 찾아 왔다. 저녁 9시만 넘으면 동네는 온통 적막이 흘렀고 멀리서 이따금씩 개 짖은 소리만이 들려올 뿐이었다. 도시 생활에 익숙한 준호가 쉽게 잠들지 못하고 몸을 뒤척였다.

"잠이 안 오나?"

"응. 갑자기 일찍 자려니까 좀 그렇네."

"하긴 도시에서야 9시가 어디 밤이가, 초저녁이제. 니 그거 기억하나?"

"뭐?"

"니가 내 대신 담임 선생님한테 항의한 거 말이다. 나 그때 말은 못했지만 니한테 무척 고마웠다."

"자식, 이제 와서 별소리 다 하네."

준호가 멋쩍은지 등을 돌려 누웠다. 그 날 준호는 용수의 딱한 사정에 마음이 편하지 않는지 밤새 몸을 뒤척이며 잠을 설쳤다. 그래서 용수의 마음도 무거웠다.

다음 날 준호는 일찍 서둘렀다.

"와 그리 서두르노? 며칠 좀 쉬다 가라."

"니 얼굴 봤으면 됐지 뭐. 빨리 올라가서 처리해야 될 일도 있고."

"그래도 이렇게 가믄 섭섭해서 우야노?"

방을 나가려던 준호가 돌아섰다. 그리고 힘겹게 일어서는 용수에게 봉투 하나를 내밀었다. 엉겁결에 받아 든 용수가 준호를 바라보았다.

"이게 뭐꼬?"

"내가 하는 사업이 아직 투자 단계라 크게 돕지는 못하겠어. 그냥 내 맘이라고 생각하고 받아 줘."

용수는 얼떨떨한 표정으로 준호가 내민 봉투를 열어 보았다. 봉투 안에는 직장생활자의 한 달치 월급 정도의 돈이 들어 있었다.

"야가 와 이카노? 내 이 돈 못 받는다."

준호는 한사코 용수에게 준 돈을 돌려 받으려 하지 않았다. 그리고 서둘러 차로 가서는 시동을 걸었다.

"다음에 내려와서 오래 쉬다가 갈게. 그 때 우리 이야기 많이 하자."

말을 마친 준호는 그 옛날 계주를 시작할 때 출발선에서 그랬던 것처럼 손을 한 번 번쩍 들어 보이고는 차를 출발시켰다. 용수는 준호의 차가 사라지고도 한동안 그 자리에 서서 준호의 차가 사라져 버린 끝을 바라보았다.

준호가 다녀 간 후 연락이 없었다. 용수는 준호가 사업을 하느라 시간을 내기 힘든 거라고 생각했다. 대신 아침에 늦은 잠에서 눈을 뜨자마자 대구에서 대형 슈퍼를 운영하는 대철이가 오랜만에 전화를 해왔다.

"니 혹시 준호 기억하나? 만약 갸가 연락 오면 만나지 마라. 갸가 사업한다고는 일을 벌려 놓긴 했는데 일이 잘 안 되는가 보더라. 여기저기 동창들 찾아다니면서 돈을 구한다 안 카나. 알고 보면 갸가 어디 우리 동창이가? 그냥 5학년때 잠깐 전학왔다 갔는데 왜 우리까지 찾고 난린지 모르겠다. 내게도 며칠 전에 메일이 왔긴 했는데 마 답장 안 했다 아이가. 그러니까 니도 조심해라. 알았나? 그럼 고마 들어가라."

자기가 해야 될 말을 다 한 대철은 전화를 끊어 버렸다. 전화를 내려놓은 용수의 눈에 주책없이 눈물이 핑 돌아 앞을 가렸다.

"새끼, 말하지. 못 도와주면 어떤노? 말이라도 들어주는기 친군데……."

뜰로 내려서는 용수는 한결 허리가 편해졌다. 준호가 건네준 돈으로 어제 읍내 병원에 가서 물리 치료를 받은 덕분이었다. 뜰에는 봉오리졌던 개나리가 밤사이에 활짝 피어 있었다. 용수는 오후쯤 초등학교 운동장에 한 번 가 봐야겠다고 생각했다.

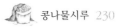

작가 후기

　전화벨이 울렸을 때 나는 이미 상대가 J임을 직감했다. 교감에서 오는 직감이라기보다는 예감이라고 하는 편이 나을지도 모르겠다. J의 아파트 공원에 앉아 있었던 것이 한 시간쯤 되었을 것이다.

　만나려고 한 사람은 J였지만 만난 사람은 J의 언니였다. 내가 알아낼 수 있었던 것이 J의 언니 연락처였기 때문이기도 하지만 난데없이 낯선 남자가 동생의 연락처를 묻는데 그가 누구인지도 모르는 상황에서 대뜸 동생의 연락처를 가르쳐 준다는 것이 쉽지 않다는 것을 나도 이해할 수 있었다.

　아파트 앞으로 나온 사람도 J가 아닌 J의 언니인 것은 당연한 일이었다. 나는 그녀에게 나에 대한 간략한 설명과 더불어 책 한 권을 전해 주었다. 물론 책에는 나의 핸드폰 번호가 적혀 있었다.

　"아직도 미련이 있어?"

　J는 내게 미련이 남아 있냐고 물었다.

"아니, 미련 같은 건 없어. 내가 너를 기다린 건 최소한 나만이라도 약속을 지키고 싶어서야. 너에게 다른 사람이 생겼거나 마음이 변했거나 어떤 것이든 확인이 되지 않는 이상 나만이라도 약속을 지켜야 된다고 생각했어. 만약 말이야, 만약에 그런 이유가 아니라 다른 이유가 있었다면, 예를 들어 너도 내 연락처를 잊어버려서 나처럼 어떻게 연락을 할 방법이 없었는데 서로 오해한 채 멀어져 버린다면 너무 가슴이 아프잖아."

내 말에 두 번쯤 고개를 끄덕이더니 차창 밖의 카페를 연신 두리번거리는 J는 답답하다는 표정이었다.

양재동을 한 바퀴 돌고 나서야 겨우 노변 주차장에 주차를 하고 들어선 곳이 카페, 로뎀나무였다. 말끔한 흰 벽면에는 그림 한 점이 걸려져 있었다. 로뎀나무를 한 번도 본적이 없기 때문에 그 그림에 있는 나무가 로뎀나무인지는 모르겠다.

"많이 놀랐겠다."

나는 눈길을 그림에서 J에게로 가만히 옮겨 놓으며 입을 열었다.

"네. 조금 당혹스럽기도 했고요……."

커피 잔에 묻은 립스틱 자국을 손가락으로 만지작거리며 J는 고개를 들지는 않았다. J는 많이 변한 듯했다. 살이 조금 쪘고 무엇보다도 말이 없어졌다. 그래서인지 나는 내 앞에 앉아 있는 사람이 1년 전, 결혼을 약속했던 사람이라는 사실을 전혀 실감할 수가 없었다. 그것은 그녀도 마찬가지인 듯했다. J는 맞선에 나온 여자처럼 나를 맹숭한 눈빛으로 쳐다보았으며 계속해서 말을 높임으로써 자신이 나와 전혀 상관없는 사람임을 강조하려는 듯했다.

J는 나를 만나고 한 달도 되지 않아 벤쿠버로 갔다. 이미 모든 것이 결정되어 있었기에 나도 말릴 마음은 없었다. 우리가 결혼을 약속한 것은 그녀가 벤쿠버로 떠나야했기 때문이 아니라 1년 후 돌아오기 때문이었다.

그리고 1년이 지난 지금 그녀는 내 앞에 앉아 있다. 그러나 지금의 그녀는 그 때의 그녀가 아님을 알 수 있었다. 그동안 연락이 잠깐 끊겼고 J가 돌아올 때쯤 내가 전해들은 소식은 그녀의 아버지 사업이 힘들어졌다는 것과 집이 이사를 했다는 정도였다.

"캐나다 생활은 어땠어?"

J는 눈빛이 잠깐 반짝였다.

"이제 뭐 할 거야?"

J가 길게 한숨을 쏟아냈다. J는 다시 캐나다로 가고 싶다고 했다. 아직 공부가 끝나지 않은 상태에서 돌아왔기 때문에 미련이 많이 남아 있다고 했다. 그리고 아버지의 사업이 힘든 사실을 원망했으며 그로인해 유학생활을 중단해야 한다는 것을 한탄했다. J는 중간중간 캐나다에 대한 이야기를 곁들이면서 한국에서는 왜 그렇게 술을 마시는지에 대해서, 그리고 담배를 피우는 한국 남성들에 대해서 비난함으로써 1년 전 신촌을 쏘다니며 술을 즐겼던 지난 날들을 송두리째 부정해 버렸다. 그리고 J의 장황한

캐나다에서의 생활에 대한 이야기에서 그녀가 지금 아쉬워하는 것이 학문적 중단이 아니라 이국적 삶을 포기해야 하는 것임을 감추지 못했다.

"그동안 나를 잊어 버렸니?"

모처럼 기운내서 시작한 캐나다에 대한 이야기가 끝나기를 기다렸다가 나도 내가 궁금한 질문을 했다.

"어떻게 잊을 수가 있었겠어요……."

그녀의 대답은 의외였다.

"그러면 내가 어떻게 했으면 좋겠어?"

"결혼은 사랑하는 것과는 또 다른 문제인 것 같네요."

J는 요즘 선을 보러 다닌다고 했다. 선을 보게 될 대상의 선별자는 J의 아버지였고 선별 기준은 J를 당분간이라도 다시 벤쿠버로 돌려보내 줄 수 있는 경제적 능력이었다.

"책은 많이 팔렸어요?"

"응. 그런 대로."

"그럼, 돈도 많이 받았겠네요?"

"아니, 일정액만 받고 넘겨서……."

나는 순간적으로 실망하는 J의 표정을 보고 말았다. 이왕이면 사랑하면서 돈도 많은 사람이라면 더할 나위 없이 좋을 텐데…….

카페를 나왔고 다시 보자는 약속 같은 것은 없이 헤어졌다. 그리고 3일 후 J의 핸드폰으로 전화를 했다. 이번에는 J의 언니가 쉽게 전화번호를 가르쳐 주었기 때문에 가능했다. 내가 J에게 다시 전화를 한 것은 그래도 사랑했던 사람이었고 어쩌면 아직도 사랑하고 있을지도 모른다는 생각에서였다. 하지만 J는 내 목소리를 듣자 냉랭하게 말했다.

"죄송해요. 그러고 싶지 않네요."

그리고 전화가 끊겼고 내가 다시 전화를 걸었을 때는 전원이 꺼진 상태였다.

아주 오래 전의 일이다. 하지만 난 아직도 생각한다. 그때 내가 그녀를 기다린 것은, 그리고 예상은 했으면서도 그녀의 전화번호를 다시 누른 것은 그녀의 말대로 미련이었을까?

내가 사랑에 관한 이야기를 쓴 것은 어쩌면 그런 사랑이 주위에 너무 드물거나 찾아 볼 수 없기 때문인지도 모르겠다. 적어도 내가 처한 주위에서는 그랬다. 물론 요 짧은 말을 하기 위해, 위에서 장황하게 떠벌린 사연의 탓일 수도 있다. 사실 그랬다. 대학 동기들이 대기업에서 승진을 하고 결혼을 하고 아파트로 이사를 할 때, 그리고 한때 사랑했던 여자가, 글을 쓰기 때문에 내가 가난할 수밖에 없음을 알고 떠났을 때 난 계속 글을 써야 할지 갈등했었다. 하지만 더 미친 듯 사랑 이야기를 썼다. 마치 너무나 계산적으로 이루어지는 오늘날의 사랑에 대한 반대급부인 양.

이 글이 책으로 나올 무렵 어쩜 나는 통장에 남은 돈을 탈탈 털어 벤쿠버에 가 있을지도 모르겠다. 그 곳의 무엇이 그녀를 바꾸어 놓았는지, 그리고 그녀가 그렇게 다시 돌아가고 싶어했던 것은 또 무엇이었는지 알고 싶다. 그것은 그녀에 대한 미련도 그녀에 대한 기억도 아니다. 그런 것들은 그냥 시간에 맡겨 둘 생각이다. 때가 되면 어느 쪽이었는지 알 수 있지 않을까.

어쨌든 여기에 실린 글들은 내게는 너무 길었던 시간의 터널을 지나면서 또 내게는 너무나 힘들었을 만큼의 많은 글들을 쓴 후 나온 작품들이었다. 읽는 이들이 조금이나마 사랑스런 눈으로 세상을 볼 수 있는데 도움이 되었으면 한다.

양 명 호

콩나물 시루

개정판 1쇄 인쇄 | 2015년 1월 27일
개정판 1쇄 발행 | 2015년 1월 28일

지은이 | 양명호
펴낸이 | 박대용
일러스트 | 김희연
펴낸곳 | 도서출판 징검다리

주소 | 413-834 경기도 파주시 교하읍 산남리 292-8
전화 | 031)957-3890, 3891 팩스 | 031)957-3889
이메일 | zinggumdari@hanmail.net

출판등록 | 제406-2007-00042호
등록일자 | 1998년 4월 3일

앤 딕슨 지음/값 9,500원

상대방이 절대로 거절하지 못하는 대화법

까다로운 상황에서 어떤 말을 해야 인간관계를 망치지 않을까?

고도의 화술은 능력있는 사람과 일할 기회를 제공하는데,
이는 한 사람에게 일생일대의 행운이 돌아간다는 것을 의미한다.
이 책은 대다수 사람들이 피하고 싶어하는 솔직한 대화에 초점
을 맞춘다. 자녀, 부모, 친구, 상사, 부하직원, 이웃, 동료, 파트
너 등에게 하기 어려운 말이 있을 때 이 책이 여러분의 지침이
될 것이다.

백선경 지음/값 9,500원

내 삶의 전부를 눈물로 채워도…

세상이 버린 그 길 위에서 나는 춤추련다

사랑은 말로만 하는 것이 아닙니다.
사랑은 내가 가진 모든 것을 상대에게 던져줄 때 비로소 완성되는 것입니다.
사랑은 가슴으로만 하는 것이 아닙니다.
사랑은 상대가 가진 모든 것을 받아줄 때 비로소 이루어지는 것입니다.

기하라 부이치 지음/값 10,000원

우리 집에 놀러 온 7명의 괴짜 천재들

인간의 모든 삶의 영위는
결국 참되게 잘 살기 위한 궁리인 것이다.

왜 철학이라는 것이 있으며, 왜 사람들은 철학서를 읽는 것인가?
그건 오래 살던 짧게 살던 중요한 것은 참되게 잘 살기 위함이다.
즉, 삶에 대한 진지한 자세와 관심이 곧 철학인 것이다.

한국간행물윤리위원회 추천 권장도서로 선정

카멜 야마모토 지음/값 9,500원

우리아이만큼은 부자로 키우고 싶다

우리 아이를 행복한 재력가로 만드는 법

아이는 모두 태어날 때부터 리더다. 그것이 '상자'에 들어가는
순간 차츰 약해져버리는 것이다. 부모가 그 사실을 인식하고 있
다면 코치로서의 부모의 임무는 자연스럽게 보일 것이다. '아이
가 정말 하고 싶은 것을 찾게 도와주고 싶다'는 것이 부모가 코
치로서 해야 할 가장 중요한 역할이다.